DIE 200

Das letzte Aloha

Harry Thürk

Das Neue Berlin

Erstes Kapitel

Ich erwachte aus meinem Kurzschlaf, als meinem Nachbarn das Essen hochkam und die Stewardeß ihm – über mich hinweg – eine dieser praktischen Tüten reichte.

Sie murmelte etwas von zuviel Tofu im Essen, aber es lag vermutlich doch nicht an dem, was die Fluggesellschaft Essen nannte, sondern daran, daß der Pilot in den Sinkflug gegangen war, ohne Übergang, wie es diese meist in Militärmaschinen ausgebildeten Leute gelegentlich tun, wenn sie vergessen, daß sie Passagiere befördern, nicht Splitterbomben.

Ich machte ein Gesicht, aus dem Mitgefühl ablesbar sein sollte, aber ob der Nachbar das überhaupt wahrnahm, war ungewiß, denn jetzt tränten ihm auch noch die Augen, so daß ich ebensogut schadenfroh hätte grinsen können.

Er war wohl einer dieser Kantoner Geschäftsleute, die seltsamerweise Fliegen als unangenehm empfinden, weil sie ungeübt darin sind. Sie zogen Wasserfahrzeuge vor, wenn man der allgemeinen Meinung glauben durfte. Aber wer fährt schon mit dem Dampfer von Hongkong nach Honolulu, heute, in der Überschallzeit?

„Hätte Ihnen auf dem Schiff auch passieren können", versuchte ich ihn zu trösten. Er nickte nur schwach, und die Stewardeß sah mich so strafend an, daß ich froh war, als sie endlich mit der vollen Tüte abschwirrte. Etwas, worüber ich mich bei Stewardessen ziemlich selten freue.

Bobby Hsiang, der alte Freund, der immer noch in Hongkongs Polizei für Schwerverbrechen zuständig ist, hatte mich um die Reise beneidet, als ich ihm erzählte, daß ich einem Auftrag entgegenflog. Insgeheim glaube ich, er liebt das Essen bei solchen Flügen, im Gegensatz offenbar zu meinem Nachbarn. Das mochte daran liegen, daß Bobby schon seit der Zeit, als wir beide noch als Polizisten Hongkonger Pflaster begangen hatten, solo lebte. Als Single, wie man in der gebildeten Welt zu sagen pflegt. Weiblos. Kinderlos, soweit bekannt. Küchenlos auch. Angewiesen auf das, was Hongkongs Police Department in seiner Kantine aufbietet, um die Mitarbeiter vor Magenknurren zu bewahren. Oder was jemand mal spendiert.

Bobby hatte mich vor der letzten Etappe des Fluges und den hier herrschenden Turbulenzen gewarnt. Er hatte sie vor ein paar Monaten erlebt, als er zu einer Konferenz von Kriminalbeamten nach Honolulu flog. Die Turbulenzen waren ausgeblieben. Dafür übte der Pilot jetzt den Sturzflug. Ich hatte Bobby damals ausgelacht: „Du sprichst immerhin mit dem Sohn eines amerikanischen Marinefliegers!"

Aber er war skeptisch geblieben, was meine väterliche Erbmasse betraf. Hatte mich aufmerksam gemacht: „Ich weiß ja, daß du beim Fliegen kaum Probleme hast, aber du wirst es merken, es ist wie verhext – je näher man der Datumsgrenze kommt, desto unruhiger wird die Luft. Was suchst du eigentlich in Honolulu? Die haben dort ihre eigenen Privatdetektive ..."

Das hatte uns, alte Freunde, die wir waren, auf eine Jugendgefährtin gebracht, mit der zusammen wir so manche Melone gestohlen hatten, und gegessen, in den heißen Sommern, als unten in Vietnam der Krieg so richtig begann, und die GI's, die in meiner Mutter respektablem Restaurant in Wanchai Erholung suchten, uns Knirpsen so manchen Dollar zuwarfen, wenn wir ihnen die Adressen von hilfsbereiten Mädchen besorgten, die billiger waren als das, was man sonst so in Wanchais einschlägigen Quartieren auflesen konnte. Abgesehen davon, daß wir von ihnen für die Vermittlung natürlich auch noch Münze bezogen. Später, als der Krieg härter wurde und die GI's höhere Löhnung bekamen, lief das Geschäft weniger gut, weil sie nicht mehr so auf den Dollar achteten, aber da hatten wir schon andere Interessen.

„Erinnerst du dich an Laureen Tsiao?"

Bobby erinnerte sich, natürlich. Wir waren alle drei nur mütterlicherseits Chinesen. Die Väter kamen aus anderen Weltgegenden, sie waren dem mandeläugigen Charme unserer Mütter erlegen, wie das Fremden in diesem Teil Asiens öfters geht.

Wer an Laureens Existenz eigentlich schuld war, hatten wir nie genau untersucht. Es hatte uns nicht sonderlich interessiert. Möglicherweise war er als Soldat irgendwo gefallen. Laureens Mutter ließ sich darüber nicht aus, wozu auch. Bis wir dann aus dem Halbwüchsigenalter heraus waren, und Laureen, zur Dame gereift, zog mit diesem Musiker los, der im „Nan Hu" Saxophon spielte; mit der Meisterschaft eines amerikanischen Studenten, der aus dem College geflogen war, und der sich, wie er sagte, den Pazifik erobern wollte. Mit einer flotten Kanne, zugegeben.

„Sie hat ihn geheiratet, damals."

Auch daran erinnerte sich Bobby Hsiang noch. Und daß sie mit ihm ohne viel Aufhebens nach Amerika gegangen war.

„Sie sind aber bloß bis Honolulu gekommen", klärte ich den Freund jetzt auf. „Da muß er mit seiner Musik Geld gemacht haben, endlich. Haus in Waialae. Das ist die teuerste Wohngegend, habe ich mir sagen lassen. Ist übrigens verschwunden."

„Waialae?"

„Der Musiker! Wesley Blair. Der Mann Laureens. Deswegen fliege ich hin."

Bobby leuchtete nicht so recht ein, daß ausgerechnet ich, der nur vor Jahren auf ein paar Tage in Honolulu gewesen war, jetzt für Laureen dort ihren Mann suchen wollte. Er steckte mir, hilfsbereit wie er nun mal ist, die Adresse eines Kriminalisten in der Stadt zu und schärfte mir ein: „Du mußt ihn nur an mich erinnern, er wird für dich tun, was du willst!"

Ich beurteilte das nicht so zuversichtlich. Polizisten haben seltsame Vorbehalte gegen Privatermittler, auf der ganzen Welt, das erfährt man immer wieder, und das war eigentlich auch in Hongkong so. Nur Bobby in meinem Fall war eine Ausnahme. Aber es konnte ja sein, daß es sich um einen Gefallen handelte, den der Cop in Honolulu Bobby schuldete.

Das Lichtzeichen an der vorderen Kabinenwand mahnte zum Schließen der Gurte. Ich vergewisserte mich, daß der Nachbar wieder einigermaßen bei Farbe war und ihm das Wasser nicht mehr in den Augen stand. Dann sah ich, als die Maschine in Schräglage ging, wie im Seitenfenster die Küste Oahus erschien. Eine Sichel aus feinem, gelbschimmerndem Sand. Dahinter Grün. Satt, mit einem leichten Stich ins Blaue. Davor eine See, von der ich nie gewußt hatte, daß sie so sehr an Türkise erinnern kann.

Die Idylle schwand und machte der Kette von Betontürmen Platz, die sie rahmten. Da blitzten, wie überall in den Großstädten der Welt, Glas und Chrom. Man hätte das auf diese Entfernung glatt für Silber halten können.

Als die Maschine auf der Betonpiste aufsetzte, entfuhr meinem geplagten Nachbarn ein Rülpser. Sein Magen schien wieder Gehorsam zu signalisieren, nach chinesischem Standard sogar Wohlbefinden. Ich lehnte mich zurück und malte mir aus, was mir jetzt blühte, während die Maschine langsam, mit gedrosselten Triebwerken auf die ausfahrbereiten Krakenarme der Empfangshalle zurollte.

Sind Sie mal in Honolulu-International angekommen? Ich hatte das Vergnügen vor geraumer Zeit gehabt, auf einer Art verlängertem Wochenendausflug, und schon damals war mir die Aloha-Romantik beim Empfang ankommender Touristen etwas abgenutzt vorgekommen. Meine Mutter, die auf den Inseln einstmals mit meinem Vater einen, wie sie erzählte, traumhaften Urlaub verlebt hatte, schwärmte seither von den braunen Wahinen, den sanften Gesängen, den wolkenlosen Tagen am türkisblauen Meer, wo die sehnigen Gestalten der einheimischen Wellenreiter jeden bebrillten Geschäftschinesen Hongkongs unweigerlich als Karikatur erscheinen lassen.

Möglicherweise wurde meine Existenz damals in jenen Urlaubstagen meines Vaters beschlossen, vielleicht fand der entscheidende Akt an einer vom Mond beschienenen nächtlichen Palmenhütte statt, im Geplätscher der Wellen, die auf dem Strand verebbten, untermalt vom fernen Gesang einer Hula-Truppe – lassen Sie mich das nicht weiter ausmalen.

Ich habe immer wieder einmal daran gedacht, daß ich auf diese Weise mit den Inseln verbunden bin – vielleicht finde ich es deshalb bedauerlich, daß die freundliche Tradition Hawaiis langsam, aber sicher im Merkantilismus unserer Zeit versinkt. Wie die Hongkongs übrigens auch.

Heute kann man bei Lösung des Flugtickets bereits darüber entscheiden, ob man in der großen Halle in Honolulu Airport bei der Ankunft mit einer Lei geschmückt wird, einer dieser aus Blumen geflochtenen Halsketten, die einem ein schönes Mädchen umlegt, das überwiegend mit ähnlichen Blumen bekleidet ist.

Man bezahlt für die schöne Sitte, die den Insulanern einstmals den Ruf einbrachte, daß sie Fremde liebten, von zehn Dollar aufwärts, je nach Qualität der Blumen. Wobei die Lei für zehn Dollar meist schon etwas angewelkt ist. Für fünfundzwanzig Dollar bekommt man hingegen echten Tropenjasmin, Zimtblüten und Hibiskus – sowie eine zarte Berührung durch die Lippen der Willkommensdame. Seitlich unter dem Auge. Aber damit nicht genug. Für eine entsprechende Summe kann man bei einer der einschlägigen Firmen sogar einen ganzen Chor von Grasrockdamen ordern, die einen umringen und etwas Sanftes singen. Je nach Abmachung auch etwas von den Beatles, aber immer auf der Ukelele begleitet, was sich ungemein folkloristisch macht.

Oder man bestellt einen braunhäutigen Herrn mit Zylinder, der eine Willkommensrede hält, nach dem Text, der überliefert ist, von der Feier, die einst dem Entdecker Cook bereitet wurde. Wünscht man, daß dieser Akt im lokalen Fernsehen erscheint, so ist das ebenfalls noch bezahlbar bei normalem bis hohem Einkommen. Man denkt heute beinahe traurig an die Zeiten zurück, als besagter Captain Cook am Strand von Kauai durch tanzende und singende Eingeborene empfangen wurde, als der von den Weisen angekündigte große fremde Gott, den das Meer eines Tages bescheren würde, wie sonst Krabben und Fische. Ganz umsonst geschah das, denn die Insulaner jener Zeit kannten zwar ihre Legenden, aber kein Geld.

Das brachten ihnen etwa vierzig Jahre später erst die Missionare aus Amerika. Zusammen mit der Grippe, den Feuerwaffen, Büstenhaltern, dem Tripper und Whisky. So verging die Herrlichkeit der Inseln, sagen manche. Aber so ganz vergangen ist sie eben doch nicht, wie ich finde ...

Die Mädchen wippten in den Knien. Um die Oberschenkel bauschten sich die Grasröcke, ebenso schön wie früher, obgleich sie jetzt aus Plaste waren. In den Haaren hatten sie Hibiskusblüten aus Seidenstoff stecken. Made in Taiwan. Ein paar Männer zupften die Ukelele. Im Halbkreis stand das alles da, und als ich am letzten Zollbeamten vorbei war, nach dem Schwur, daß ich weder Hund noch Katze, weder Apfelsinen noch Wurst an mir versteckte, geschweige denn Drogen, umringten mich die Insulaner, deren schneeweiße Zähne im Licht eines Scheinwerfers gefährlich blitzten. Eines der Mädchen legte mir eine Lei um den Hals, die hätte nach meiner Schätzung fünfzig Dollar kosten müssen. Dazu sang der Chor „Back to the Isle". Und während das alles ablief, war ich der Mittelpunkt jeglichen Interesses. Die mit mir aus Hongkong angekommenen Passagiere verhielten staunend und überlegten wohl, welch eine besonders wichtige Person aus dem Showgeschäft ich sein könnte, daß man mir einen solchen Jubelempfang bereitete. Da es sich bei ihnen meist um Geschäftsreisende handelte, Leute nüchternen Typs, hatten sie darauf verzichtet, bei einer Agentur die Zeremonie wenigstens mit einer Billig-Lei zu buchen, und so gab es nur hin und wieder noch ein Mädchen, das einem von ihnen mitleidig eine Blume zuwarf, gratis sozusagen. Ganz ausgestorben ist die demonstrative Gastfreundlichkeit der Insulaner nämlich nicht, wenngleich sie nicht in der Lage sind, sieben bis acht Millionen Besucher im Jahr duftend zu garnieren.

Mir bricht nicht leicht der Schweiß aus, aber hier traten mir Tröpfchen auf die Stirn. Da hatte es einen Herrn gegeben, während meiner Polizistenzeit in Hongkong, der war Engländer und versuchte, die

Devise durchzusetzen, daß jeder von uns wenigstens einmal am Tag richtig schwitzen müsse, der Gesundheit wegen. Er blieb bei mir erfolglos. Nur jetzt, in dieser Flughafenhalle, die erstklassig klimatisiert war, machte ich die Erfahrung, daß es gar keiner körperlichen Anstrengung bedarf, um jene Tröpfchen auf die Stirn zu zaubern. Der Empfang verwirrte mich, weil ich mich am liebsten überall so bewege, daß ich nicht auffalle. Hier fiel ich verdammt stark auf. Und außerdem hatte ich das ganze Theater ja nicht bezahlt! Ich malte mir die Rechnung aus. Das brachte noch mehr Schweiß auf meine Haut.

Deshalb war ich erleichtert, als Laureen Blair auf mich zu lief, vorbei an den immer noch singenden Wahinen und den neugierigen Gaffern.

Als ich ihre Arme um den Hals spürte, erinnerte ich mich an manches, das ein Gentleman lieber vergessen haben sollte, wenn er einer Jugendgespielin nach mehr als zwei Jahrzehnten wieder begegnet. Es waren angenehme Erinnerungen an wilde Ausflüge in die Tanzschuppen vergangener Zeit, an Boote, mit denen wir nachts weit hinaus ruderten, um mit uns allein zu sein, an den Geruch von Laureens Haar, die Zärtlichkeit ihrer Hände – alles das, was Wesley Blair dann geheiratet hatte. Eigentlich sollte man solche Wiederbegegnungen vermeiden, wenn man nicht gerade die Absicht hat, ein verglommenes Feuer neu zu entfachen. Ich hatte die bessere Einsicht vielleicht ein bißchen leichtfertig in den Wind geschlagen, als ich von Laureen die Anfrage bekam, ob ich für sie arbeiten wolle. Ich war neugierig. Und ich fand es ganz reizvoll, einen Auftrag auf den Inseln zu erledigen. Zumal mir Laureen signalisiert hatte, daß die Bedingungen äußerst günstig sein würden. Sie hatte meine Honorarforderung glatt verdoppelt.

„Altes Mädchen", sagte ich gerührt, weil sie nicht aufhörte, mich zu drücken.

Die Hula-Sänger waren am Ende, die Burschen packten bereits ihre Ukeleles ein, da besann sich Laureen endlich, ließ mich los und sagte: „Willkommen auf den Inseln, Toko! Und wenn du mich noch einmal altes Mädchen nennst, zerkratze ich dir das Gesicht, wie damals am Strand von Big Wave Bay, als ich mit dem Boot nach Tung Lung Island rüber wollte, und du ..."

Es gelang mir gerade noch, die detaillierte Schilderung meiner damaligen Wünsche zu verhindern, indem ich ihr einen Kuß gab, auf den sie wohl auch gewartet hatte, denn sie wurde ganz friedlich. Nahm mich beim Arm, winkte einem Träger, meinen Koffer zu übernehmen und machte mir dann die freudige Mitteilung: „Ich habe dich im ‚Royal Hawaiian' untergebracht, das wird dir sicher recht sein, oder?"

Es hätte da schon ein „oder" gegeben, aber man mußte nicht Professor der Psychologie sein, um es unangebracht zu finden, daß eine Dame der besseren Gesellschaft, deren Gemahl abgängig ist, sich den Uralt-Freund zwei Wochen später ins Haus holt. Abgesehen davon, daß die Blairs ihren Wohnsitz in Waialae hatten, oberhalb von Honolulu, im Nordosten der wimmelnden Stadt, wo die ewig grüne Schönheit Oahus beginnt, an den Hängen der Koolau-Berge, wo die Flüsse abwärts stürzen, durch zauberhafte Täler und Schluchten, und statt Beton gibt es Hibiskus, Orchideen, Paradiesvogelblumen, Tigertatzen, riesige Anthurien, jede Art von Palmen, und – Geld.

Das wurde zwar in Downtown Honolulu gemacht oder anderswo auf den Inseln, aber man verlebte es dort oben, wo man Pele nahe ist, der Göttin des aus der Erde schießenden Feuers, und den launischen Wolken, aus denen der Regen kommt, warm und sprühfein, manchmal wie Nebel, der labt, ohne zu nässen, Mensch wie Pflanze und Tier.

„Ich bin sehr glücklich über das ‚Royal'", vertraute ich Laureen an. „Es war mein Traum, dort wenigstens einmal im Leben zu logieren!" Das war nicht gelogen, und Probleme würde es nicht geben, weil wir nämlich vereinbart hatten, daß Laureen die Kosten für meine Unterbringung auf Oahu tragen würde.

Das „Royal Hawaiian" war das älteste Hotel auf den Inseln, eine Legende, wie das „Raffles" in Singapore oder das „Peninsula" bei uns in Kowloon.

Vor dem Flughafengebäude winkte Laureen einem dieser deutschen Luxusautos zu, das in der Nähe geparkt war. Der Fahrer lenkte es zu uns, stieg aus, zog artig die Mütze und beförderte meinen Koffer an seinen Platz. Ich beobachtete verblüfft, wie er den Träger entlohnte. Der vollendete Butler!

„Bist du schon mal den Lunalilo-Highway entlanggefahren?" fragte Laureen, als wir nebeneinander saßen, auf bequemen Polstern, und der Chauffeur den Wagen anrollen ließ.

Ich sagte ihr, daß die Strecke bei meinem letzten Besuch noch im Bau gewesen war. Daß es auch einige Hundert Betonburgen weniger gegeben hatte, damals, und es mir nicht sonderlich gefiel, wie sie die Sonne abfingen, bevor sie in die Straßen leuchten konnte, wenigstens eine Stunde am Tag. Laureen lächelte mitleidig. Sie wußte vermutlich, daß Hongkong mindestens ebenso viel Beton hatte wie Honolulu.

Die Frau war älter geworden, ohne allerdings wirklich zu altern. Als Mädchen hatte sie eine dieser einfachen Ponyfrisuren getragen, die für Chinesenkinder so etwas wie eine Uniform sind. Jetzt schmiegte sich ihr volles, dunkles Haar sanft um ein Gesicht, das so gut wie faltenlos war. Die Augen hatten den alten Glanz. Sie strahlte etwas aus, das für mich zwischen Burschikosität und damenhafter Würde lag, eine anziehende Mischung, die es unwahrscheinlich erscheinen ließ, daß Laureen als Kind alle jene Übeltaten mit uns Jungen zusammen verübt hatte, die für die Gassenkinder von Wanchai typisch sind: sie hatte Dreck in die Bottiche einer Wäscherei geworfen, wie wir anderen auch, Ratten in Restaurants losgelassen, Kakerlaken-Wettrennen organisiert, Geldbörsen an Fäden ausgelegt, um Leute zu narren – alles das, was Erwachsene nur kopfschüttelnd zur Kenntnis nehmen. Später war sie eine der eifrigsten Tänzerinnen in „Sue's Ballroom" gewesen und überhaupt nicht abgeneigt, eine Nacht zu verschenken, wie sie es nannte. Das ließ sich auch ganz gut arrangieren, weil ihre Mutter oft Nachtschicht im Hospital drüben in Kowloon hatte.

„Es war eine schöne Zeit", stellte sie jetzt ohne jegliche Anzüglichkeit fest. „Übrigens, der Highway ist sehr praktisch. Kommt von Wahiawa, im Zentrum der Insel und von der Westküste in Pearl City zusammen und läuft parallel zur Küste, etwas ostwärts über Waikiki hinaus bis nördlich vom Diamond Head. Eine wunderschöne Fahrt. Ich mache sie manchmal einfach so zum Spaß. Wenn du willst, rollen wir den ganzen Weg …"

Ich wollte. Genoß den Beton und die Palmen, aber auch den Blick auf schäumende Brandung und von Menschen wimmelnde Strände. Bis der Fahrer dann irgendwo an der Küste von Mauna Lua wendete, nach einer Weile in den Kapiolani Boulevard einbog, in die Kalakaua, an die ich mich auch noch schwach entsann als einen erstklassigen Flanierboulevard. Bis wir ganz plötzlich den teuersten Scherz der Inseln vor uns sahen, als der Wagen auf einem mit Lavagestein gepflasterten Parkplatz ausrollte: vor riesigen, zehnstöckigen Betonfronten stand wie ein verlorenes rosa Spielzeug das etwas mehr als sechzig Jahre alte „Royal Hawaiian", eine Kombination aus Türmchen, Erkern, aus Dächern in den verschiedensten Ausformungen,

Fenstern mit Schattenblenden, ineinander verschachtelt, altmodisch, verrückt und liebenswert. Wie ein Zwerg hockte es zwischen den grauen Neuzeit-Riesen, dem „Sheraton" und dem „Surfrider". Ringsum Beton, mit einer Ausnahme, an der Südseite zog sich Hawaiis Legende, der Strand von Waikiki entlang, auch jetzt von einer unüberschaubaren Menge mit bunten Fetzchen bekleideter Sonnenanbeter überfüllt.

„Waikiki", sagte Laureen ironisch. „Der Traum, dessen Erfüllung Enttäuschung ist."

Mir waren überfüllte Strände aus Hongkong nichts Neues. Ich vermeinte, den Geruch von Sonnenöl zu riechen, Schweiß und Salz, den Lärm der tausend Transistoren zu vernehmen, die Rufe nach Eiscream oder dem außer Sicht gekommenen Söhnchen.

„Da vorn, die Rasenfläche, die sich an den Strand anschließt", machte mich Laureen aufmerksam, „dient den abendlichen Luaus. Stilecht aufgemacht. Wie die Ureinwohner mal gegessen haben sollen. Da kannst du in der Grube auf heißen Steinen gebratenes Schwein in dich hineinschaufeln, bis du nichts mehr reinkriegst ..."

„Wenn das der alte Cook noch sehen könnte", entfuhr es mir. Sie lachte, wie es mir schien nicht sehr gelöst, aber da konnte ich mich täuschen. Der Fahrer manövrierte das Auto unter großen Schwierigkeiten, die meist aus nackten Mädchenbeinen bestanden, in Richtung eines Parkcenters. Inzwischen erklärte Laureen mir, wieso Waikiki Waikiki heißt. Auf hawaiisch stehe das Wort etwa für wild ans Ufer schlagendes Wasser, und so sei das hier auch immer gewesen, eine Küste mit rauschender Brandung, bis jemand herausfand, daß es ein Platz sein könnte, um aus der Schönheit der Landschaft Geld zu schlagen. Woraufhin der Strand verbreitert wurde, damit die Wellen gesittet ausrollen konnten, und zum Schluß pflanzte man noch eine Menge neuer Palmen zwischen die alten. Die Hoteliers kamen. Da baute man das „Royal Hawaiian", die Nobelherberge der betuchten Reisenden zwischen den beiden Weltkriegen. Rosa, so erklärte es mir Laureen, habe man das Gemäuer angepinselt, auch die gesamte Inneneinrichtung. Weil die Herren Missionare den Eingeborenen, die noch meist nackt herumliefen oder in blickfreundlichen Grasröcken, rosafarbene Büstenhalter und Slips verpaßt hatten, auf daß sie dem christlichen Herrn der Welt ansehnlich sein würden.

Ich halte das heute noch für eine kulturhistorische Fehlentscheidung, vorausgesetzt das Gerücht, das mir Laureen übermittelte, stimmt. Aber Gerüchte haben ja immer etwas Boshaftes, besonders welche über Missionare. Jedenfalls – im Royal, das konnte ich sogleich sehen, als ich es betrat, war ausnahmslos alles rosa. Von den mächtigen Kronleuchtern in der victorianisch anmutenden Halle über die Teppiche, die Treppen, Fenster, Türen und Tapeten war alles in dieser mittlerweile auch für Unterwäsche nicht mehr so gebräuchlichen Tönung gehalten. Selbst das Telefon auf meinem Zimmer war rosa, die Badewanne selbstverständlich, und auch das Bidet, das ich höflich ignorierte, weil Laureen mit mir hinaufgefahren war, um sich zu überzeugen, daß ich meine Suite passabel fand.

„Laß uns was essen", lud ich sie schließlich ein, „auch was trinken, aber möglichst keinen rosa Sekt!"

Wir ließen uns nicht im Hotel nieder, sondern in einem Anbau neueren Datums, dem „Surf Room", wo es nicht gerade wie bei McDonalds zuging, aber immerhin schon ein bißchen weniger rosa.

Der Vorteil des „Surf Room" war, daß es sehr dicht am Strand lag. Man konnte die Bucht überblicken, das Gewimmel der Badenden, konnte die weißen Segel der Jachten draußen auf dem Meer sehen, und, vorausgesetzt sie dudelten nicht gerade die Sorte Musik ab, die auf Blech gemacht wurde, vermeinte man das Rauschen der Brandung zu hören. Man glaubte, den Geruch nach Salz und Tang zu schnuppern. Aber da lachte Laureen laut: „Wieder einer, den sie kriegen! Was du riechst, ist ein künstlicher Duftstoff, der kommt aus der Klimaanlage, die das Desinfektionsmittel für das Luftrohrsystem mit dieser Geruchsillusion kombiniert ..."

Schlau, die Mischung dieser Leute, die hier lebten. Die Ureinwohner hatten, obgleich einer der ihren den Entdecker Cook letztlich erschlug, keine Bedenken gehabt, sich mit all den auf stolzen Schiffen eintreffenden Fremden zu vermischen. So entstand die bezaubernde Mixtur aus Polynesiern, Japanern, Chinesen, Amerikanern und einem guten Dutzend anderen. Man ließ sich immer wieder etwas neues einfallen, wenn es darum ging, den Besuchern zu vermitteln, daß es sich bei den Inseln um das wahre Paradies der Menschheit handelt, just ein oder zwei Flugstunden vom Äquator entfernt.

„Wielange ist es her, daß du von Hongkong weg bist?" fragte ich Laureen. Sie überlegte. Es waren etwa zwei Jahrzehnte.

„Und du bist glücklich hier?"

Sie bejahte es. „Wäre ich sonst geblieben? Wesley hatte einen guten Start auf Oahu. Zuerst trat er mit einer Kapelle im „Ala Moana" auf, das ist auch so ein Nostalgie-Hotel aus den zwanziger Jahren, nicht weit vom Jachthafen entfernt. Ich schrieb seine Arrangements ab." Sie lachte: „Sein Saxophon war bald Stadtgespräch in Downtown. Das war die Zeit, als er anfing, Platten zu machen ..."

Ein Mädchen, dessen Rock apart kurz war und mich an die Mode meiner Hongkonger Freundin Pipi erinnerte, brachte uns garantiert alkoholfreie Cocktails, die in allen Regenbogenfarben leuchteten.

Während ich bedachtsam an dem Plastikhalm sog, hörte ich Laureen zu. Wie es schien, war Wesley Blair ein erfolgreicher Musiker gewesen, aber auch ein guter Geschäftsmann. Ein paar Jahre nach der Ankunft hatte er die Chance wahrgenommen, ins Musikgeschäft einzusteigen. Wenig später konnte er für sich und seine Frau die Villa in Waialae kaufen, und dann war das Geschäft mit den Schallplatten erst richtig aufgeblüht.

„Ich habe mich um die Finanzen gekümmert", sagte Laureen, „obwohl wir ein Büro mit guten Leuten hatten. Wes wollte es so. Er selbst hatte nicht die Eignung, die Firma zu leiten, das hätte ihn umgebracht ..."

Sie stockte. Dachte nach und fügte schließlich an: „Nun ja, ich kann mich nicht mit dem Gedanken abfinden, daß es ihn nicht mehr geben soll, obwohl ich die Ahnung nicht loswerde, daß es so ist. Immer hoffe ich, er ist irgendwo, er wird von dort zurückkommen. Du wirst ihn finden ...?"

„Wielange vermißt du ihn?"

„Drei Wochen. Ich sah ihn zuletzt im Studio. Das haben wir in der Queen Emma Street, gar nicht weit vom State Capitol, wo der Gouverneur sitzt. Gute Geschäftsgegend. Teuer. War mal der Wohnsitz unserer letzten, dichtenden Königin. Das State Capitol, meine ich ..."

Ich kannte die Gegend. Brannte mir eine Zigarette an, blies den Rauch seitlich an Laureen vorbei und erkundigte mich: „Keine Lösegeldforderung?"

„Nichts."

„Aber das könnte das Motiv sein, oder?"

Sie erzählte langsam: „Nun ja, Aloha Records ist ein führendes Unternehmen. Gute Finanzdecke. Wir sind rechtzeitig von Schallplatten auf Bänder und dann auf CD umgestiegen. Unsere Umsätze sind traumhaft. Geld kann da schon ein Motiv sein, ja."

Das mit den Umsätzen glaubte ich ihr aufs Wort. Aloha Records war ein Name mit gutem Klang in der pazifischen Region. Und Musik aus Hawaii fehlte nur selten in den Hitlisten der Anliegerstaaten, soweit sie nicht von einheimischen Firmen gefälscht waren, um eine Popularität vorzutäuschen, die Dummköpfe zum Kauf verleitete.

„Du warst in der Firma mit ihm zusammen, und dann war er plötzlich weg?" Ich stellte mich naiv, um sie ein bißchen aus der Reserve zu locken.

Sie sprang darauf an. „Wir hatten eine Produktion abgeschlossen. Scheibe mit Folklore-Mix. Für Amerika gemacht, hauptsächlich. Waren zufrieden mit dem Ergebnis. Bei Aloha Records ist es üblich, so einen Erfolg mit einem Empfang zu feiern. Das taten wir. Danach erledigte ich noch ein paar Einkäufe. Als ich ins Studio zurückkam, zum Dachgarten, wo der Empfang noch lief, sagte mir die Sekretärin, Wes sei schon vor einer Stunde gegangen. Ohne sich zu verabschieden, was sonst nicht seine Art war. Er ist seitdem nicht wieder aufgetaucht."

Sie schwieg. Blickte durch die riesigen Fenster hinaus auf den Strand. In der Brandung schossen die Surfrider auf ihren Brettern durcheinander, zogen Kurven, ließen sich hochwirbeln, tauchten wie durch Zauber aus dem Schaum der Wellenkämme wieder auf. Ein faszinierender Anblick, der ein bißchen Neid wegen der Unbeweglichkeit der eigenen Knochen suggeriert. Aber ich besann mich auf den Anlaß, aus dem ich hier war. Wes Blair von Aloha Records war verschwunden.

„Erster Wunsch", sagte ich, „ist das Datum, an dem du Wes zuletzt gesehen hast, und die Zeit. Und dann eine Liste aller Teilnehmer an dem Empfang."

Sie riß sich von dem Anblick der herumkobolzenden Brettmänner los und sagte mir Datum und Zeit.

„Die Liste der Leute beim Empfang bekommst du

morgen. Ich lasse sie abtippen und zu dir ins Hotel bringen."

„Ich bitte darum." Wenn ich wollte, konnte ich so verdammt förmlich sein, daß die Leute glaubten, es gäbe für mich in den exklusivsten Hotels von Hongkong jeweils einen Ehrenplatz als Auszeichnung für den Gentleman des Jahres.

Das Mädchen in dem kurzen Rock baute sich dezent in der Nähe unseres Tisches auf, ganz ideale Kellnerin, eine Person mit Pflichtbewußtsein und erotischem Touch, die sich in angemessener Entfernung hält, um eine Unterhaltung der Gäste weder zu stören noch mitzuhören – und doch verfügbar zu sein, rufbar mit einer Geste.

Laureen machte ihr ein Zeichen, sie hob leicht die Hand. Das Mädchen war der lebende Beweis dafür, daß Restaurants, in denen Touristen verkehren, nicht unbedingt rüpelhaftes Personal haben müssen, sie verbeugte sich leicht: „Etwas essen?"

Laureen ließ sich nur kurz mit der Karte ein und fragte dann mich: „Laulau?"

Ich hatte nicht die blasseste Ahnung, ob das ein Salat war, ein polynesischer Tanz oder eine unanständige Aufforderung, und als ich das bekannte, erläuterte mir das kurzberockte Wahinenmädchen mit dem Charme einer noch nicht ganz aufgeblühten Hibiskusblüte: „Es handelt sich um geräucherten Fisch und Schweinefleisch, das in Taroblättern gedämpft wird, Sir. Möchten Sie dazu Reis oder Bataten haben?"

Laureen riet zu Bataten. Ich hatte nichts einzuwenden. Nachdem die Wahine davongeschwebt war, forschte ich bei Laureen weiter: „Affären?"

„Du meinst Wes?"

„Hatte er welche?"

Sie schüttelte ein wenig zu energisch den Kopf, aber ich ließ das einstweilen auf sich beruhen, ich wollte nicht jetzt schon allzu unangenehme Fragen stellen. „Also keine, von denen du weißt. Feinde?"

Sie atmete tief, wie jemand der nach einer langen Autofahrt auf einem Felsen über dem Meer ankommt und sich die Lungen füllt.

„Ich weiß weder von Affären noch von Feinden. Wes verstand sich mit jedem. Er pflegte auch niemanden zu übervorteilen. Manchmal denke ich, es könnte ein Unfall passiert sein, aber dann hätte ich es doch erfahren müssen ..."

Nicht unbedingt, dachte ich. Wenn er beispielsweise ein Boot hat und damit aufs Meer fährt, wie das hier viele betuchte Unternehmer tun, kann eine Menge passieren, ohne daß es einer an Land merkt. Ich machte sie vorsichtig darauf aufmerksam, und sie bestätigte mir sogleich, daß es die LAUREEN gab, den nach ihr benannten Kabinenkreuzer, mit dem sie häufig auf Kreuzfahrten zwischen den Inseln unterwegs gewesen waren. „Aber sie liegt im Jachthafen. Seit Wochen hat sie niemand mehr benutzt."

Als ich nach Hobbys fragte, gewohnheitsgemäß, erfuhr ich, daß er gelegentlich fotografierte, manchmal gelangen ihm Bilder so gut, daß er sie als Cover für eine seiner Plattenhüllen verwendete. Nur, nach Lösegeld hatte sich eben niemand erkundigt, daher kam mir die Sache so eigenartig vor. Das hatte, wie mir Laureen erzählte, auch das Polizeidepartment gemeint, das den Fall offiziell bearbeitete. Ohne jeden Erfolg, bisher. Ich notierte mir den Namen des betreffenden Beamten, und Laureen teilte mir mit, bei ihm handle es sich um einen fähigen Mann. Einheimische Mutter, japanischer Vater. Tamasaki.

„Wer führt jetzt die Firma, du?"

Sie verneinte. „Ich behalte nur die Finanzen unter Kontrolle. Die Programmplanung entwirft Mister Keolo, unser ältester Mitarbeiter, mit mir gemeinsam. Er beaufsichtigt auch die Aufnahmen, wählt die

Ensembles aus, macht die Verträge mit den Stars. Als technischen Mitarbeiter hat er dabei Frank Osborn, einen jungen Mann, der aus Kauai kam. Für mich ist Frank so was wie der Prokurist der Firma, ohne Prokura. Ein hervorragender Rechner. Vor seinem Verschwinden hat ihm Wes manchmal über die Schulter geschaut und ihn heimlich bewundert ..."

Ihr Blick verlor sich draußen auf dem Meer, wo ein gebräunter junger Mann auf einem dieser Bretter durch die Brandung kutschierte, hin zum Strand, wo ein Mädchen ihm zuwinkte, fünfzig Kilo Grazie in großgeblümtem Kattun, der gerade für zwei Taschentücher gereicht hätte.

„Jugend, mein vergangener Traum ...", zitierte ich Tu Fu. Sie machte mir kein Kompliment über meine Kenntnisse in der altchinesischen Lyrik, sondern bemerkte versonnen: „Ich sehe es gern, wenn sie die Brandung überlisten. Manche Leute sagen, sie erinnern an die alten hawaiischen Götter ..."

Ich fand, es war an der Zeit, noch ein paar Fragen zu stellen. Über die Konkurrenz von Aloha Records machte Laureen nur die vage Andeutung, es gäbe da noch Southern Islands, eine Unternehmung, die ein Japaner führte, Mister Imai. Sie vollführte eine ebenso unbestimmte wie elegante Handbewegung: „Hat sein Studio drüben in Kaimuki, in der Pahoa Avenue."

„War er auch auf dem Empfang?"

Sie nickte. Sonst sagte sie nichts über die Konkurrenzfirma, und ich nahm mir vor, die Unternehmung in Augenschein zu nehmen.

Wir unterhielten uns noch über eine Anzahl mehr oder minder guter Bekannter aus Laureens Hongkonger Zeit, und als schließlich das Laulau kam, war ich froh, denn mir fielen keine weiteren Fragen mehr ein.

Geräucherten Lachs hatte ich schon gegessen,

auch Schweinefleisch in vielen Variationen, aber beides zusammen, in Taroblätter gewickelt, die unter Mitwirkung von Hitze ihr Aroma voll entfalteten und es auf den Inhalt der Rolle übertrugen – sie zauberten da ein Gericht, das man so schnell nicht vergessen würde. Zusammen mit dem duftenden Inhalt der Batatenknollen ergab das eine Komposition, deren Rezept ich meiner Mutter verraten würde, die zu Hause in Wanchai immer noch das „Hibiskus" betrieb, eine Kreuzung zwischen gutbürgerlichem Mittagslokal und Touristenschenke, in der leichtsinnige Mädchen verkehren, ganz so, wie man das in der einstmals sündigsten Gegend Hongkongs eben öfter findet, auch wenn die Sünde sich inzwischen teurere Bezirke gesucht hat.

Während ich mich dem Genuß des zarten Fisches hingab, hörte ich Laureen sagen: „Ich frage mich, was die gute Hana Teoro jetzt machen will. Ob sie zu Imais Company wechselt?"

Sie überraschte mich mit der Auskunft: „Es war einer der Gründe, weshalb sich das gute Einvernehmen zwischen Wes und ihr etwas abkühlte. Imai wollte sie haben. Er machte ihr ein Angebot, über das sie Wes nie gesagt hat, wie hoch es war. Unsere Top-Sängerin …"

„Aber sie blieb bei Wes im Vertrag, oder?"

„Sie ist es heute noch", gab Laureen zurück. „Ihre neue Platte verkauft sich übrigens blendend."

Ihr Gesichtsausdruck hatte sich verändert, obwohl sie sich Mühe gab, das zu verbergen. Nicht jedem gelingt es, eine innere Regung aus dem Gesicht auszusperren. Ich fragte nach: „Wohnt sie in Honolulu? Kann man mit ihr sprechen?"

„Ich weiß nicht, wo sie wohnt. Wenn sie keine Platten macht oder in Hotels auftritt, ist sie in Laie. Singt im Polynesischen Kulturzentrum. Folklore für die Touristen."

Es klang nicht gerade feindselig, aber da war ein kühler Unterton, der mich warnte: Meine Freundin ist sie nicht!

„Ich werde sie natürlich aufsuchen", bemerkte ich beiläufig. „Da uns selbst der geringste Anhaltspunkt fehlt, werde ich überhaupt mit einer Menge Leute sprechen müssen, bis sich vielleicht ein Zusammenhang mit dem Verschwinden deines Mannes abzeichnet."

Sie nickte. Schob mir einen Autoschlüssel und eine Hülle mit Fahrzeugpapieren über den Tisch. „Ich habe dir ein Auto gemietet. Ein drei Jahre gefahrener Chevy. Ist es dir recht?"

„Ganz ungeheuer recht." Ich grinste. Ich erinnerte mich, daß man hier zwar an jeder Straßenkreuzung Autovermieter fand, aber meist wurden nur diese leichten Sommerfahrzeuge angeboten, die gegen einen Regen ungeschützt waren. Strandautos. Eine Limousine zu erwischen, die noch dazu ohne Stottern rollte, war Glückssache. Ich hatte da von meinem letzten Besuch so meine Erfahrungen. Zu meinen unauslöschlichen Erinnerungen an Oahu gehörte das Erlebnis, in einem defekten Strandbuggy im äußersten Winkel von Kaneohe zu sitzen und einen dieser Platzregenschauer durchzustehen, die hierzulande so häufig sind wie Bettler in Kowloon. Ein Strandbuggy übrigens, bei dem sich nicht einmal die lächerliche Verdeckplane bewegen ließ, die auf dem Heck lag. Dagegen war ein Chevy doch ein Luxusfahrzeug!

Ich ließ mir noch Laureens Adresse in Waialae geben, das Telefon, und zuletzt wollte ich wissen, an wen ich mich im Aufnahmestudio von Aloha Records wenden könnte, wenn es Nachfragen gab, die dort zu erledigen waren.

„Frank Osborn", riet sie mir. „Er behält den Überblick, seitdem Wes verschwunden ist ..."

Danach gab es nur noch geräucherten Lachs und

gedünstete Schweinelende, aromatische Bataten und eine Menge Früchte zum Dessert. Ab und zu einen Blick hinaus auf den Strand, wo die Sonnenjünger wie Ameisen durcheinander krochen. Nur daß sie Badehosen trugen, was man bei Ameisen nicht antrifft, jedenfalls nicht in Hongkong. Weit draußen blinkten ein paar Segel. Und in Strandnähe vollführten immer noch Wellenreiter unermüdlich ihre Kapriolen.

Ich brachte Laureen zu ihrem Wagen, und wir versprachen uns, telefonisch in Verbindung zu bleiben. Bevor sie abfuhr, teilte sie mir noch dezent mit, Spesen für vorerst zwei Wochen seien in einem Umschlag auf meinen Namen an der Rezeption deponiert.

Ich fand tatsächlich ein respektables Päckchen Greenbacks in meinem Schlüsselfach. Eigentlich hätte ich jetzt Waikiki erkunden sollen, aber ich war nach dem langen Flug und dem üppigen Essen so müde, daß ich mich erst einmal zu einem Schläfchen niederlegte.

Als ich in meinem rosa Salon aufwachte, war es dunkel, nur ein paar mittels Dämmerungsschalter betätigte Orientierungslichter brannten. Durch die geöffnete Balkontür drang leise Musik.

Unten auf dem Rasenstück glühten die Grillfeuer der Luaus. Ich glaubte, bis hier herauf den Duft von brutzelndem Schweinefleisch zu schnuppern, aber das war vermutlich eine jener Illusionen, die die Glücklichen Inseln berühmt gemacht haben. Eine andere war, daß ich zuweilen, wenn ich in den Himmel blickte, Sternschnuppen zu sehen vermeinte. Aber Sinnestäuschungen dieser Art kannte ich aus Hongkong.

Dort kam es vor, daß mir, wenn ich auf der gegenüberliegenden Straßenseite in Aberdeen eine bemerkenswerte Dame entdeckte, der Duft ihres Parfüms um die Nase zu fächeln schien. Unsinn natürlich, auch.

An der Tür des Appartements mahnte eine Tafel das Tragen eines Schlipses an für den Fall, daß man abends in die Bar wollte. Ich wollte. Einen rosa Schlips, stilecht zur sonstigen Dekoration, hatte ich leider nicht mitgebracht, ich bedauerte, daß ich mir diesen Scherz nicht leisten konnte. Doch in der Bar erkannte ich dann, daß der ganze Schlips-Hinweis offenbar nur für Leute der unteren Verdienstgruppen galt. Da, wo Dom Perignon getrunken wurde, in den Nischen, waren Schlipse nicht zu sehen.

Ich begnügte mich mit etwas Scotch und viel Wasser. Es wäre eine Gotteslästerung gewesen, hier etwa nach meinem Lieblingsgetränk, gelber Limonade (Made in Hongkong), zu fragen. So entbehrte ich den belebenden Effekt des heimatlichen Getränkes und wurde trotz – oder gerade wegen – der säuselnden Musik des Gitarrentrios so müde, daß der Barmann es merkte und mir einen weiteren Scotch empfahl. Ich nahm ihn. Eine halbe Stunde und etwa ein halbes Dutzend sanfte Inselmelodien später war ich reif für die Nacht und schleppte mich in mein rosa Paradies. Es roch immer noch ein bißchen nach Luau-Schwein, aber möglicherweise bildete ich mir das wiederum nur ein.

Zweites Kapitel

Am Morgen war ich so frisch wie ein Ei auf dem Markt in den New Territories. Ich schaltete das Zimmerradio ein und erfuhr, daß die Temperatur bereits zwanzig Grad Celsius betrug, daß weder Sturm noch Regen für die nächsten zwei Stunden zu befürchten wären. Worauf ich mich entschloß, der Dame Hana Teoro einen Besuch abzustatten.

Doch zuvor hatte ich mich beim Police Department Honolulu sozusagen höflichkeitshalber vorzustellen, wie es mir mein alter Freund Bobby Hsiang geraten hatte, der immer noch die Geduld besaß, mit der Hongkonger Polizei für Recht und Ordnung zu sorgen.

Unter der Nummer, die ich aufgeschrieben hatte, gab es zunächst nur die bekannten Signaltöne, aber kurz bevor ich aufgeben wollte, knackte es in der Leitung, und eine Stimme sagte in beruhigendem Baß: „Commissioner Warren ist dienstlich abwesend. Sie sprechen mit Detective Tamasaki. Kann ich Ihnen helfen?"

„Vielleicht können Sie das", äußerte ich mich vorsichtig, bevor ich mich vorstellte und ihn wissen ließ, daß mir gewissermaßen von amtlicher Seite geraten worden war, mich an Mister Warren zu wenden.

Er ließ mich höflich ausreden, aber dann teilte er mir ebenso höflich mit, das sei schon in Ordnung, er wisse Bescheid, und statt Commissioner Warrens würde er mit mir sprechen, selbstverständlich, allerdings habe er mit Sicherheit bis zum Abend über einer Sache zu arbeiten, die morgen vor Gericht kam.

„Wir könnten nach Ihrer Arbeit irgendwo ein Bier trinken …", versuchte ich es. Er sagte überraschend schnell zu. Schlug mir vor, eine Stunde nach Einbruch der Dunkelheit in der Hotel Street zu sein.

„Das ist nicht das feinste Viertel, aber dafür ist es das wirkliche Zentrum vom Zentrum Honolulus, auch wenn das manche Leute bestreiten. Kennen Sie sich aus?"

„Nicht so gut", gestand ich.

„Wo wohnen Sie?"

Als ich es ihm sagte, stöhnte er verhalten, aber er faßte sich schnell. Ich sagte ihm noch die Zimmernummer, obwohl er die gar nicht brauchte. Er informierte mich: „Sie fahren westwärts aus Waikiki heraus. Da kommen Sie zuerst am Ala Moana vorbei. Das ist die Gegend, wo die Leute das Einkaufen zur Kultur machen wollen. Danach kommt das, was Ausländer unverständlicherweise Chinatown nennen. Und wenn Sie da durch sind, liegt die Hotel Street vor Ihnen. Nummer 812. Das Restaurant heißt ‚Trade Winds'. Verschiedene Küchen, alle gleich schlecht. Aber gutes Bier. Mäßige Preise. Ich habe sowieso dort zu tun, also treffen wir uns da. Fragen Sie eine Kellnerin nach mir. Bis dann!"

Bevor er auflegen konnte, schob ich ihm schnell noch die Frage hin: „Darf ich inzwischen an einem Fall arbeiten? Sozusagen bevor ich amtlich bekannt bin?"

Er lachte: „Sie kennen die Sitten, Mister Lim Tok! Wir schätzen es nicht, wenn man uns in den Weg kommt, ja. Kenntnisse von gesetzeswidrigen Handlungen müssen an uns gemeldet werden. Ansonsten liegt Oahu vor Ihnen, wie ein ..."

„Ja, ich weiß!" fiel ich ihm ins Wort. Besser, man ließ ihn nicht weiter über etwaige Beschränkungen nachdenken.

„Bis dann, Mister Tamasaki!"

Ich hatte es sogar fertiggebracht, mir seinen Namen zu merken. Laureen hatte ihn erwähnt, das fiel mir jetzt ein. Er war über den Fall informiert. Stammte aus einer dieser gemischten Familien, in denen der Vater Japaner ist. Auf Hawaii, soviel hatte ich schon bei meinem ersten kurzen Aufenthalt damals festgestellt, sind, ähnlich wie bei uns, die Mädchen aus solchen gemischten Familien entschieden hübscher als die Jungen. Und das brachte mich zu der Sängerin, von der ich wußte, daß sie eine Hawaiianerin von Geburt war. Ohne fremdländischen Elternteil. Und solche Mädchen fielen meist noch hübscher aus. Wenigstens in ihrer Jugend, bevor sie zweistellige Kilogrammzahlen zunahmen.

Hana Teoro, die Sängerin, deren Platten sich so blendend verkauften, stellte ich mir wie eine der Berufswahinen auf dem Flughafen vor, die für die Lei-Firmen die Blumenkränze um die Hälse der Neuankömmlinge legen. Ausgesucht schöne Mädchen. Vorzeigekörper, gewissermaßen, und erst recht Vorzeigegesichter. Meist sind sie aus hawaiischen Familien, aber zuweilen ist der Vater eben auch mal Europäer, Amerikaner, Chinese oder Japaner. Manchmal auch die Mutter, denn es gibt unter den einheimischen Strandburschen für so manche Dame aus Übersee hier den Mann ihrer einsamen Träume.

Ich hatte den Chevy angeworfen, und als ich erst einmal aus Waikiki heraus war, auf der Straße nordwärts, die durch das Nuuamu-Tal nach Kaneohe führte, und von hier aus weiter nordwärts, öffnete sich zur Rechten ein überwältigender Ausblick auf den blaugrünen Pazifik, der in zahmen, schaumgekrönten Wellen heranrollte und auf dem Sand verebbte, einem Sand, wie es ihn vermutlich so weiß auf der ganzen Welt nicht mehr gab, aber auch stellenweise so schwarz, wie sich niemand Sand vorstellt, weil es dieses zermalmte, von den Gezeiten pulverisierte Lavagestein nirgendwo sonst in einer solchen landschaftlichen Kombination gibt. Ein hochgradig verkehrsgefährdender Ausblick!

Links dagegen, wenn da nicht gerade eine Siedlung lag, die verdächtig an die Siedlungen in unseren New Territories erinnerte, dehnte sich grünes Land, von Felsriffen durchzogen, mit dem Braun von frisch gebrochenem Acker, dem Blau von Ananasfeldern, wenn die Pflanzen noch jung sind, den langen Reihen hoher Palmen und ragenden, düsteren Bergketten weit im Westen.

Ich bemerkte das Schild rechtzeitig, das den Weg von der Hauptstraße nach links zum Polynesischen Kulturpark wies. Wenige Kilometer nur, und ich wurde höflich gebeten, meinen Chevy für eine nicht gerade unbedeutende Summe im Schatten haushoher Busse zu parken. Dann hatte ich noch ein Ticket zu lösen, auch im Preis den Summen angemessen, die man heute für Folklore zu bezahlen hat, und schließlich gelang es mir, an einem riesigen Souvenirladen vorbei, in dem sich Japaner, Chinesen und Amerikas rüstige Rentner drängten, auf das Gelände zu spazieren, das scheinbar keine Grenzen hatte. Ein Disneyland mit den Relikten längst verblichener Kulturen aller pazifischen Inselvölker, die, wie die Geschichte versichert, vor fünfzehn Jahrhunderten in ihren Katamaranen nach langer Seereise aus Tonga und Samoa, Fidji, Tahiti, Neuseeland, den Marquesas und wahrscheinlich noch von einer Anzahl weiterer polynesischer Inselwelten hier eintrafen, wo die Göttin Pele sie empfing, die Tochter der Mutter Erde und des Vaters Himmel, jene charmante, heißblütige Dame, die die Gabe besaß, mit Feuer Berge ins Meer zu bauen und Stein zu Erde zu schmelzen, auch umgekehrt, und auf das Eiland, das da mitten im Ozean entstanden war, ließen Vögel, die über dem endlosen Wasser vagabundierten, die ersten Samenkörner für alles Grün mit ihrem Kot fallen. Neues Leben aus den Därmen der kleinen, gefiederten Freunde. Und was für ein Leben!

Pele, das wurde mir sogleich in einem wilden Tanz malerisch zurechtgemachter Hawaiianerinnen demonstriert, hatte, wie das so ist, eine böse Schwester, die das Meer beherrschte, und vor der Pele von einer Insel zur anderen flüchten mußte, sich zuweilen in Erdlöchern versteckte. Doch die böse Schwester war so leicht nicht zu vertreiben, und deshalb verfügte Pele, daß ihr, um sie zu entmutigen, aus jedem Loch, das sie nach ihr abschnüffelte, Feuer entgegenschlug und sie versengte.

Erst als Pele sich auf Hawaii, der größten Insel, die der Gruppe ihren Namen gab, obwohl sie nie so recht zu deren Mittelpunkt wurde, eingrub, hatte sie Erfolg. Das Loch geriet tief genug, so daß sich Pele fast unsichtbar machen konnte. Und jetzt begann sie vorsichtshalber selbst Feuer zu speien, um die böse Schwester abzuschrecken. Da die aber ziemlich hartnäckig war, türmte sich um das Loch bald der Mauna Kea auf, einige tausend Meter Lavagestein. Eine bezaubernde Art, die vielen Vulkane der Inseln zu einer der schönsten Legenden der Welt zu verhäkeln.

Ich sah mir den Tanz an und schlenderte dann gemächlich weiter, denn die Sonne war jetzt schon mörderisch, betrachtete nachgebaute Dörfer aus Tahiti und neuseeländische Schweine, sah Tonga-Burschen zu, die mir zivilisiertem Supermarktkunden vorführten, wie ein echter Insulaner mit einem Haumesser eine Kokosnuß öffnet, ohne sich dabei die

Finger abzusäbeln, und studierte die Schlafgewohnheiten, die Kleidung und die Küchentricks von Nuku Hiva bis Auckland aus der Zeit, als dort noch der Taro-Pudding aus der hohlen Hand geschleckt wurde.

Nun bin ich ein aufgeschlossener Mensch, und ich verstehe wohl den Handelswert von Folklore, abgesehen von den skurrilen Erinnerungen, die da geweckt werden, um das Befinden der Leute auf den Weg zu sanften Träumen zu lenken. Aber die schwülen Sonnentage auf diesen Inseln können den besten Willen lähmen. Und nachdem ich eine Weile im Schatten gerastet, einige Becher Limonade getrunken hatte – von der Art, wie man sie in Hongkong bestenfalls jemandem ins Gesicht schüttet, wenn man wütend über ihn ist –, nachdem mir die Augen übergingen vom Anblick tahitischer Kopfputze, grellen Federschmucks und ich mir vorkam wie einer, der einen zwar bunten, aber immerhin ziemlich anstrengenden Geschichtsunterricht nachholt, schlich ich mich zu der Bühne, auf der gegen Mittag die große Show aller Inseln lief: Musik, Tanz, Getrommel und Sketche über das verflossene Leben.

Im Schatten eines riesigen Sonnenschirms hockte hier eine Dame von etwa drei Zentnern, wie einer dieser chinesischen Buddhas. Sie rauchte eine aus losem Tabakblatt gedrehte Zigarre, vielleicht gehörte das zur Show, jedenfalls machte sie den Eindruck einer gemütlichen Person, und sie verkaufte Programme für die Vorführung, die sich nach dem Regenbogen nannte, der auf den Inseln häufig als Symbol benutzt wird, sogar als Markenzeichen von Sonnenöl bis zu kühlen Getränken. Abgesehen davon, daß es ihn nach jedem der dutzendfachen täglichen Regenfälle am Himmel tatsächlich zu sehen gibt.

„Hallo Madame", sagte ich mit dem Charme eines Kowlooner Friseurs, der auf der Straße vor seinem Laden Kunden anspricht.

Sie machte eine Bewegung mit ihrem Oberkörper, die Aufmerksamkeit für mich andeuten sollte. Ich kenne diese Art von älteren Damen, sie sitzen auf jedem Markt in Hongkong herum, vor einem Korb Gurken oder einer Schüssel Feuerkäfer, nur daß sie bei uns billiges, ausgeblichenes Kattun tragen oder Kaliko, und hier Mumu's, jene sackartigen, allerdings gar nicht wie Säcke wirkenden schulterfreien Kleider, bunt wie Tarzan-Comics und ebenso beliebt, obwohl sie einst von den Missionaren eingeführt worden waren, die man nicht so sehr liebte. Sie hatten sich langsam durchgesetzt. In vernünftigen Abwandlungen von der Idee der Missionare.

„Mistah?" Sie sah mich zwischen zwei Zügen an ihrer Zigarre an, und ich schätzte mich glücklich, eine echte Hawaiianerin getroffen zu haben, wenngleich eine mit Übergewicht.

Sie trug bunte Federn und eine Gummiuhr von Casio am Handgelenk, und als ich sie fragte, wo denn in diesem Zauberland die berühmte Sängerin Hana Teoro auftrete, deutete sie mit der Zigarre zur Bühne hin, wo gerade eine Herde gelenkiger Mädchen in bunten Baströcken den Hula tanzte, mit jenen verführerischen Bewegungen des Unterleibes, jenem Schütteln der Brüste und den kosenden Gesten der Arme, die von den Touristen meist als Ausdruck sexueller Freizügigkeit gedeutet werden.

Das kann damit enden, daß eine dieser Damen am Abend mehr Körbe verteilen muß, als sie Kinder zu Hause hat, weil sie nicht zu einem Touristen auf die Matte will, sondern zu ihrem eigenen Mann.

Der Hula ist zwar erotisch anzusehen, aber er ist eben, was kaum ein Tourist ahnt, viel mehr als nur ein Tanz, er ist Ausdruck eines Lebensgefühls, das mit dem Dasein auf den paradiesischen Inseln zu tun hat, mit Wind und Wasser, sich wiegenden Palmen und sanftem Regen, dessen Tröpfchen sich in der heißen

Luft auflösen, bevor sie den Boden erreichen. Ich hatte das auch erst lernen müssen. Die Lektion war mir bereits bei meinem ersten Besuch Hawaiis erteilt worden, und zwar von einer Tänzerin, die ich unerfahrener Haole, der hergelaufene Fremdling, unternehmungslustig zu einem Umtrunk in Zimmernähe eingeladen hatte.

„Tanzt sie auch?"

Peles üppig ausgeformte Stiefschwester schüttelte ihr krauses Schwarzhaar, blies eine Wolke Tabakrauch in meine Richtung und hielt mir ein Ticket hin: „Zehn Dollar, Mistah, hinsetzen, warten, Hana kommt. Tanzt nicht. Singt. Aber singt unvergeßlich. Viel zu gut für zehn Dollar!"

Sie warf einen Blick auf ihre Gummiuhr: „Noch fünfzehn Minuten. Hana singt acht mal am Tag."

Sie wedelte mit dem Ticket, bis ich ihr die zehn Dollar zwischen die Finger steckte, und dann ging ich in den geschickt unter hohen Laubkronen im Schatten angeordneten Zuschauerkreis, hockte mich auf einen Bambusschemel und gönnte mir eine der superlangen „Southern's", die ich im Royal erstanden hatte, bevor ich aufbrach.

Vom süßen Inselvirginiaduft umfächelt verbrachte ich den Rest der Hula-Darbietung ziemlich hingerissen, in der Hoffnung, daß niemand mir meine Gedanken im Gesicht würde ablesen können.

Danach traten zwei junge Männer auf, die mit vielen Gebärden und kräftigen Hieben den Eindruck erwecken wollten, sie trügen einen finsteren Zweikampf auf Leben und Tod aus. Das sollte wohl den Widerstand mutiger Insulaner gegen die Mächte des Bösen darstellen, eben so, wie Widerstand immer dargestellt wird, wenn man ihn überlebt hat ohne aufzufallen.

Wer die Mächte des Bösen waren, wurde nicht gesagt, man konnte es sich aussuchen. Folklore pluralistisch. Anschließend legten ein halbes Dutzend Darsteller das berühmte Kreuz aus jeweils zwei nebeneinanderliegenden Bambusstangen auf der Bühne aus, die Bambusse wurden dann im Rhythmus einer Trommelgruppe zusammengeschlagen, während junge Mädchen und Männer abwechselnd in die Zwischenräume zwischen den Stämmen hüpften und wieder heraus, stets in Gefahr, von den Dingern die Fußknöchel gebrochen zu bekommen – eine Darbietung, die man nicht nur auf den Inseln, sondern auch auf dem Festland sehen konnte, in China ebenso wie in Malaysia, in Taiwan oder auf den Philippinnen. Bei uns zu Hause, in Aberdeen, wo ich meine Dschunke habe, kann man um die Zeit des Drachenbootfestes das Geklapper der Bambusstangen meilenweit hören.

Eigenartigerweise stritt man sich nicht, wer dieses Spiel erfunden hatte, die Klugen leiteten daraus die These ab, alle Völker des Pazifik und seiner Anrainerstaaten seien eben Brüder und hätten annähernd gleiche Traditionen. Die Dummen erkannte man daran, daß sie mit eingegipsten Fußknöcheln herumliefen, weil sie versucht hatten, es nachzumachen.

Als die Knochentour vorbei war, herrschte eine Minute lang feierliche Ruhe. Dann flitzten ein paar Ukelele-Boys auf die Bühne, ein Trommler und ein Muschelhornbläser. Zuletzt erschien, „Back to Moana" singend, Hana Teoro.

Ich erkannte sie an der Stimme, die auch in Hongkong aus tausend Lautsprechern kam, in Kneipen und Basaren, in Plattenläden und sogar in Restaurants wie dem „Hibiskus", das meine Mutter in Wanchai betrieb. Eine unverwechselbare Stimme. Nicht zu kräftig, eher etwas kindhaft, aber nicht künstlich auf diesen Lolita-Sound getrimmt, der sich heute so gut verkauft, sondern von einer echten, hellen Sanftheit, die jeden Zuhörer einfängt.

Ich gab mich der Darbietung hin. Die junge Frau

war ansehnlich. Eines von diesen Geschöpfen, die ohne Schminke und Putz am besten aussehen. Von meinem Platz aus konnte ich erkennen, daß sie hellblaue Augen hatte. Aber sie war zweifellos eine Insulanerin, jede Bewegung verriet das, jedes Wort, das sie in der Sprache ihrer Vorfahren sang, einer an Vokalen sehr reichen Sprache, die zum Singen förmlich einlädt. Wesley Blairs Paradesängerin war ein Ereignis.

Sie sang „Goro Goro N'e" auf eine Art, daß neben mir die japanischen Touristen mit allen Gliedern zu zappeln begannen. Ich selbst erwischte mich dabei, daß ich den unwiderstehlichen Takt mit den Fußspitzen mitschlug.

Auf drei Lieder war ihre Darbietung eingestellt, und natürlich kam zum Schluß, nach einer von Beifall erfüllten Pause, das „Aloha Oè", bei dem die Ukelele-Boys die Saiten schwingen ließen, bis die Seelen zu schmelzen begannen. Der alte, in der ganzen Welt bekannt gewordene Song mit dem Lebensgefühl der Inseln. Gleichsam als Erinnerung daran, daß diese braunen Paradiesgeschöpfe eine Königin gehabt hatten, die genug Kultur besaß, um Liedtexte zu dichten.

Die Leute tobten, nachdem Stimme und Instrumente schwiegen. Das war das Ende der Vorstellung. Nach einer Pause würde sie von neuem beginnen.

Ich erhob mich, noch bevor Hana Teoro den Refrain mit dem geschluchzten Aloha als Zugabe wiederholte. Hinter der Bühne sah es genau so aus, wie sich ein Laie das Showgeschäft und das Leben der Stars nie vorstellen würde. Da verteilte ein Halbwüchsiger Cheeseburgers an die Hula-Mädchen, einer der Bambusstangen-Hüpfer hielt seine Füße in einen Kübel mit kaltem Wasser. Ein anderer schlief, auf dem Rücken im Schatten liegend. Mädchen frischten vor Spiegeln ihre Bemalung auf, und eine Gehilfin aus der Kostümbranche reparierte einen Hula-

Bastrock, während die Trägerin im blauen Slip danebensaß und den Vorgang beobachtete.

Die Zweikämpfer rauchten gelangweilt. Ein junger Mann in bemerkenswert amerikanisch anmutender Jeanskleidung, mit einem stilbrechenden weißen Sonnenhut auf dem Kopf sprach gerade etwas in das Mikrofon einer japanischen Dame, wobei ihn deren männlicher Begleiter mit einer Videokamera filmte.

Draußen auf der Bühne verebbte langsam der Beifall, und Hana Teoro erschien, ging zu einem Tisch, griff sich einen Plastikbecher mit Limonade, trank ausgiebig und blickte mich verdutzt an, als ich mich vorstellte, ganz Gentleman aus Hongkong, in Geschäften.

„Sie gestatten, ich bin Clifford Jones vom Musikvertrieb Hong-Kong-Records. Ich brauche nur eine Minute, um Ihnen zu erklären, daß Sie die unverwechselbarste Stimme des Pazifik sind und ich Sie bis weit ins chinesische Festland hinein, bis Indien und Australien populär machen möchte. Vorausgesetzt, Sie haben keinen Ausschließlichkeitsvertrag mit einer hiesigen Firma. Dann wäre immerhin noch eine Übernahme möglich, wenngleich mit etwas eingeschränkten finanziellen Bedingungen, aber Ihre Popularität würde sozusagen in ganz Asien keine Grenzen mehr kennen, und deshalb ist Ihnen zu raten, Überlegungen anzustellen, bevor Sie mich abweisen ..."

Ich hatte mich entschlossen, als Plattenproduzent aufzutreten, weil ich überhaupt noch nicht begriff, wie sich in diesem seltsamen Fall des Verschwindens eines Mannes die Verbindungslinien eigentlich kreuzten. Hana Teoro, das war eine Vermutung von mir, konnte von der Sache mehr wissen, als sie gegenüber Laureen durchblicken ließ. Ich würde dahinter kommen, wenn ich mich nicht von vornherein als der Mann zu erkennen gab, der Licht in Zusammenhänge bringen wollte, in die sie vielleicht selbst verwickelt war.

„Wie heißt die Firma?" fragte Hana Teoro auch gleich zurück.

Es gibt vermutlich keine Sängerin auf der Welt, gut oder schlecht, die nicht sofort aufhorcht und freundlich lächelt, wenn jemand etwas von Schallplatten sagt.

„Hong-Kong-Records. Platten, Kassetten, CD's. Wir arbeiten stark für das Mutterland mit. Und wir gestalten ganze Musikprogramme für Sender. Ebenfalls häufig im Mutterland. Können wir ins Geschäft kommen? Ich möchte mich einstweilen mit einer prinzipiellen Zusage zufrieden geben, alles andere könnte später besprochen werden."

Sie dachte nach. Ein Gentleman würde sagen, sie zog mein Angebot wohlwollend in Erwägung. Jedenfalls sah es so aus. Dabei grübelte sie angestrengt, was am günstigsten für sie wäre. Auch das vermeinte ich ihr anzusehen. Sängerinnen sind so. Glaube ich. Oder diejenigen, die ich kenne, sind keine typischen Exemplare ihrer Gattung.

Als sie mir zu lange schwieg, schob ich nach, wie ein Mann, der ein Feuer nicht ausbrennen lassen will: „Ich habe die Labels Ihrer hiesigen Platten gesehen. Wäre es Ihnen recht, wennn ich mit dem Direktor von Aloha Records über die Sache reden würde?"

Der Haken war ausgeworfen. Und ich erlebte die erste große Überraschung, als sie seelenruhig vorschlug: „Ja, mit Mister Blair zu sprechen, das wäre schon unbedingt erforderlich ..."

Kein Wort darüber, daß Mister Blair verschwunden war, was sogar in den Zeitungen gestanden hatte. Ich schluckte die Verblüffung herunter. Warum wollte sie nicht wissen, daß man schon allein wegen seines Verschwindens nicht mit ihm sprechen konnte? Wenigstens nicht im Augenblick!

Sie sah mich aus ihren erstaunlich hellblauen Augen so arglos an, als wisse sie tatsächlich überhaupt noch nichts von der traurigen Geschichte.

Nun bin ich ein Mann, der einer schönen Dame nicht gleich böse ist, nur weil sie gelegentlich lügt. Dafür ist das Lügen auf der Welt, besonders bei weniger sympathischen Exemplaren der Gattung Mensch, als Hana Teoro eines war, viel zu verbreitet. Um nicht zu sagen, üblich. Eine schöne Frau hat bei mir sozusagen einen Unehrlichkeitsbonus. Doch das gilt nur, wenn sie nicht in eine kriminelle Sache verwickelt ist.

Vorsichtshalber lächelte ich direkt in ihre schönen, blauen, in dieser Farbe auf Hawaii nicht so häufigen Augen hinein, aber in der Tiefe meines Hinterkopfes begann sich der Verdacht zu regen, daß dieses bezaubernde Geschöpf vielleicht doch nicht ganz so harmlos war, wie es ihr Blick mir zu vermitteln versuchte.

Bevor ich noch weitere Überlegungen anstellen konnte, machte sie mich mit ihrer sanften Stimme aufmerksam: „Sie können mich ab übermorgen wieder in meiner Wohnung in Waikiki erreichen, Mister ..."

„Jones!"

„Ja, Mister Jones. Ich wohne im Moana Towers. Penthouse."

Ich kannte das Hochhaus am Moana Boulevard. Als ich letztes Mal hier war, baute man noch daran. Eine gute Adresse. Teuer auch. Aber Sängerinnen können sich nicht nur teure Appartements leisten, sie brauchen sie auch zum Vorzeigen. Damit man sie gefälligst für berühmt hält. Und sein Angebot danach bemißt.

Draußen auf der Bühne begann einer die Trommel zu schlagen. Andere fielen ein. In Sekunden war ein infernalischer Radau im Gange.

„Sie hören hier auf?"

Das Mädchen brüllte durch den Lärm zurück:

"Nein, nicht aufhören. Ich trete hier immer nur zwei Wochen hintereinander auf. Habe dann zwei Wochen Pause. Entschuldigen Sie ..."

Eine Schminkerin war an sie herangetreten, frischte ihr Make-up auf und fuhr mit einem Kamm ein paarmal durch ihr Haar. Ohne sich von mir zu verabschieden, flitzte Hana Teoro zum Bühneneingang, wo schon die Musiker auf sie warteten. Ich war mir nicht schlüssig, ob ich etwas erreicht hatte. Das Mädchen kennengelernt, das Wesley Blairs größter Renner war, ja. Ihre Adresse erfahren auch. Und den Verdacht geschöpft, daß sie nicht gerade ein Ausbund an Wahrheitsliebe zu sein schien – war das ein Anfang?

„He, he", raunzte es hinter mir.

Da stand ein junger Mann mit einem Sonnenschutz aus Zelluloid über der Stirn, wie ihn bei uns zu Hause die Kerle beim Pferderennen auf den Tribünen tragen. Auf dem Schild stand „Tiger Balm Forever". Und auf dem Hemd trug der Kerl, quer über die Brust gedruckt, die Aufschrift „Producer".

Jeans, ausgefranst. Eine Menge Muskeln und gegrillte Haut. Offenbar ein Einheimischer. Als er meinen fragenden Blick auffing, polterte er in dem Kauderwelsch los, mit dem man hierzulande unfolgsame, sprachunkundige Touristen abfertigt: „Du hier nix gucken! Nix stehen hier! Nix stören Künstler bei Pause, oder ganz plenty schnell raus, geworfen bei uns, schnell, schnell, fort von hier!"

Ich habe meine Erfahrungen mit Wächtern, Ladendetektiven und kleinen Beamten, und ich grinste ihn zunächst entwaffnend an, mein Mund reichte dabei von einem Ohr zum anderen. Dann sagte ich so leise, daß er es gerade noch verstehen konnte, und mit einem so mörderischen Unterton, daß er blaß wurde: „Du, Bruder, ganz plenty schnell verschwinden aus meine Optik, sonst ich dich hauen in schöne, braune Fresse unverschämt oft und treten dich in Bauch, bis deine beiden Tschigong-Kugeln ganz verdammt groß sind, wie Eier von Huhn, savvy?"

Er trat erschrocken zurück, um sich vor meinem Fuß in Sicherheit zu bringen, den ich leicht anhob. Vielleicht hielt er mich für einen, der Sekunden vor einem Amoklauf steht. Ich grinste. Immer noch. Das mußte ihm schon gespenstisch vorkommen, denn er verzichtete auf ein Widerwort. Grollte nur etwas von „fremdem Pöbel" und schlich davon.

Inzwischen tat er mir leid. Von der Bühne her hörte ich den wiegenden Rhythmus des Hula. Die beiden Kämpfer gegen die fremden Eroberer vollführten Kniebeugen, um sich für ihren nächsten Auftritt aufzuwärmen.

Ich machte mich auf. Irgendwo trank ich etwas aus Ananassaft und Bier gemischtes, und während ich noch über die merkwürdige Komposition nachdachte, die nicht einmal schlecht schmeckte, drang von der Bühne her wieder Hana Teoros Stimme herüber. Ich lauschte eine Weile. Und dann gestand ich mir ein, daß es schon Freude machte, ihr zuzuhören. Eine Erfahrung, die ich keineswegs bei allen Sängerinnen dieser Branche machte.

Drittes Kapitel

Der Laden in der Hotel Street 812 platzte für ein Restaurant mit diversen Küchen und mäßigen Preisen nicht gerade aus den Nähten, als ich am Abend dort ankam.

Ich hatte meinen Chevy am Hotel stehenlassen und war mit dem Taxi gekommen. Die Innenstadt von Honolulu war für Autofahrer ebenso wenig freundlich wie für die Augen, und außerdem kannte ich mich hier nicht so gut aus wie in Hongkong. Ich dachte, ich könnte einige Biersorten probieren, und als ich jetzt an der Theke das erste Coor's hinter mich brachte, hoffte ich, daß es nicht viel schlimmer kommen würde.

Mitten in meine Überlegungen, die sich um amerikanische Bierqualität drehten und darum, ob ich meiner Kehle nun die Spitzenmarke Maui zumuten sollte, oder ob ich besser bei bewährten Flüssigkeiten wie St. Miguel oder Star blieb, schlug mir jemand auf die Schulter und sagte: „Hi, Mister Lim Tok, ich rate dringend zu Aloha. Alles andere ist zweckentfremdetes Spülwasser!"

Er sah aus wie ein Bösewicht aus einem Kung-Fu-Film der Brüder Shaw, nur daß er eben nicht das

Gesicht eines wehrhaften Shaolin-Mönches hatte, sondern das eines Mannes, der einen Japaner zum Vater und eine Wahine zur Mutter hatte.

Er strich sich über das kaum zentimeterlange Igelhaar, blinzelte mich an, und nachdem er den Kellner instruiert hatte, zogen wir uns in eine der Nischen zurück, in denen noch kein Pärchen Anatomie studierte.

Mit einer raumgreifenden Handbewegung bedeutete er mir: „Dies ist sozusagen ein Teil meines Dienstzimmers. Was immer es an Informationen gibt, hier kann ich sie abfassen. Ein Polizist ist ein Nichts, wenn er nicht seine Kontakte hat. Wie gefällt Ihnen Honolulu?"

Ich verströmte anstandshalber etwas Lob, erwähnte, daß es zuvor schon einen Besuch gegeben hatte, wenngleich nur einen kurzen, und dann erklärte er mir, er sei hier aufgewachsen, alter Hawaii-Adel, Mutters Familie könnte man bis zu den Hofdamen Lilioukalanis zurückverfolgen, wohingegen sein Großvater die Ehre gehabt hatte, als US-Infanterist in Italien ein Bein abgeschossen zu bekommen.

Dabei leerten wir jeder zwei große Gläser Aloha, das genau so schmeckte wie es hieß, und schließlich kam er zur Sache: „Eigenartig, das mit Wesley Blair, wie?"

Das war nicht zu leugnen. Er konnte mir nur verraten, daß die Polizei Routinenachforschungen betrieben hatte und auf kleiner Flamme weiterlaufen ließ, die allerdings bis jetzt nichts ergeben hatten. Absolut nichts.

„Der Mann ist einfach verschwunden. Kein Hinweis auf ein Verbrechen."

„Trotzdem haben Sie Ermittlungen geführt?"

„Dazu sind wir verpflichtet. Sie sind offiziell nicht abgeschlossen. Nur weiß niemand, wo man da weitermachen soll. Wissen Sie es?"

Ich merkte die Falle, und er sah wohl ein, daß ich sie gemerkt hatte, denn er grinste mich freundlich an: „Sie haben schon recht, wenn Sie vorerst nichts ausschließen, Mister Lim Tok. Nur bei der Polizei läuft das eben anders. Da wird bei Verschwinden zunächst nach dem Verschwundenen gesucht, nicht nach einem Mörder. Wissen Sie, ein Verschwinden muß besonders in Hawaii nicht immer von anderen Leuten verursacht worden sein, jedenfalls nicht gewaltsam. Es kann auch eine Absicht vorliegen unterzutauchen, wenn Sie verstehen, was ich andeuten möchte ..."

„Ist er pleite? Oder nahe dran? Oder knistert was in der Ehe?"

Wieder das unverschämte Grinsen. Dann das Eingeständnis: „Mister Lim Tok, mein Chef hatte mich informiert, daß Sie kommen würden, bevor er verreiste. Er hat mir auch gesagt, daß Sie ein cleverer Mann sein sollen, nach Auskunft seines Freundes aus Hongkong. Blair hat sicher Probleme. Aber das sollten Sie besser selbst herausfinden."

„Ich darf also hier ermitteln?"

Er betete mir die bekannte Litanei vor, daß ich kooperativ zu sein hätte und daß ich keine Erkenntnisse zurückhalten dürfe, die auf ein Verbrechen wiesen.

Ich machte ihn aufmerksam: „Scheint über den ganzen Pazifik zu gelten, diese Regel. Einverstanden."

„Was für einen Eindruck hatten Sie von Hana Teoro?" überfiel er mich mit einer unvorhergesehenen Frage.

Wie hatte er erfahren, daß ich in Laie gewesen war? Er grinste vergnügt.

„Wir haben unsere Informanten, Mister Lim Tok. Ihre Autonummer kennen wir, seitdem Mrs. Blair das Fahrzeug für Sie gemietet hat. Ist die Sängerin Ihnen gegenüber kooperativ?"

„Sie beobachten mich?"

Er schüttelte den Kopf.

Nun konnte ich mir zusammenreimen, daß er vielleicht Hana Teoro beobachten ließ und dabei auf mich gekommen war. Ich beschloß, ihn frontal anzugehen.

„Wollen Sie mir auf diese Weise klarmachen, daß Hana Teoro Ihnen gegenüber verschlossen war, daß sie aber Aufmerksamkeit verdient, und daß Sie mir das als Polizist nicht sagen dürften?"

Er ließ weder Verblüffung noch Ärger nach außen dringen, gab auch nicht zu erkennen, daß ich richtig tippte, sagte nur beiläufig: „Sie weiß mehr als Sie sagt, mir ist nur nicht klar worüber."

Offenbar doch einer von den Beamten, mit denen man als Privatermittler Pingpong spielen kann, wenn man sich an ihre Regeln hält. Ich erkundigte mich: „Hat die Polizei den Geschäftsführer von Aloha Records zu dieser Sache gehört?"

„Sie hat", gab Leo Tamasaki zurück, ohne den Blick von einer Dame zu nehmen, deren Regenbogenkleid dort endete, wo das öffentliche Ärgernis beginnt – oder das öffentliche Vergnügen, je nachdem, wie man es sieht.

„Und?"

„Neuer Fisch in der Lagune", sinnierte er zunächst. Dann besann er sich. „Sagt auch nicht alles, was er weiß, dieser Geschäftsführer. Kann ich ihm nicht nachweisen, ist nur so ein Gefühl. Das gilt übrigens für alle, mit denen wir gesprochen haben. Bloß – für uns ist das eine Vermißtenanzeige, wie wir im Jahr etwa zweitausend aufnehmen, abgesehen von den Kindern, die am Strand für zwei Stunden verschwinden und den minderjährigen Töchtern, die nach Befriedigung ihrer Neugier wieder heimkehren. Sehen Sie zu, was Sie herausfinden, Mister Lim Tok. Sobald es brandig riecht, müssen Sie uns benachrichtigen, vergessen Sie das nicht. Waffe?"

Ich hatte meine Kanone gar nicht auf den Flug mitgenommen, wegen des bürokratischen Theaters, das sie heutzutage auf den Flughäfen um so ein Stück Eisen machen. Tamasaki nickte mir verständnisvoll zu und empfahl mir: „Seien Sie vorsichtig, Mister Lim Tok. Hierzulande wird manche Meinungsverschiedenheit mit dem Messer erledigt. Rufen Sie mich an, wenn es für Sie zu eng werden sollte. Wir werden dann zur Stelle sein."

„Wie die US-Cavalry!" feixte ich, aber er hörte gar nicht mit. Er wurde abgelenkt. Ein etwas heruntergekommener Insulaner in ausgefransten Jeans erschien in der Nische, beugte sich von hinten über den Polizeimann und flüsterte ihm etwas zu.

Tamasaki sah sich nicht einmal um. Er sagte nur so laut, daß ich es bequem mithörte: „Du setzt dich jetzt an die Bar, Onkel, trinkst eine Cola und wartest gefälligst höflich, bis ich Zeit für dich habe!"

Der Besucher flitzte davon. Im Hintergrund brachte jemand eine vorsintflutliche Music-Box zum Laufen, wohl um die Gäste zu ärgern, und das Ding begann „On the beach of Waikiki" zu heulen. Es konnte sich nur noch um Minuten handeln, bis dieser Oldtimer etwas von Hana Teoro herausplärrte.

„Die Kerle denken, nur weil sie einem verraten, wer Mangos auf dem Markt stiehlt, können sie sich in eine kultivierte Unterhaltung einmischen, wann immer sie wollen! Haben wir beide noch offene Probleme?"

Mir fiel keins ein. „Ich werde Sie anrufen, wenn eins auftaucht", versprach ich ihm. „Dank für Ihre sympathische Haltung!"

Er erhob sich, wobei er knurrte: „Ich werde das mit der Bezahlung regeln. War gerne hilfreich, Mister Lim Tok. Muß eine schöne Stadt sein, dieses Hongkong."

Damit entschwand er in Richtung Bartheke, mit den Schritten eines in den südlichen Gefilden völlig unbekannten Geschöpfes, das einen eher an einen Yeti im Himalaya denken ließ.

Ich sah zu, daß ich an einer langen Reihe zusammengestellter Tische vorbei kam, wo japanische Touristen sich Pizza einverleibten, deren Oberfläche eine entfernte Ähnlichkeit mit einer Gemüseplantage hatte, über die Lava-Asche hereingebrochen war. Gäste über Gäste stürmten nun herein, es mußte ein Bus gehalten haben. Das alles erinnerte mich an Zuhause, etwa an Kowloon, wenn es auf den Abend zuging.

Musikfetzen flatterten durch die Luft, als ich es nach draußen geschafft hatte. Die Kneipen rechts und links waren – gemessen an der Eleganz Honolulus – verblüffend schäbig. Händler, meist auf den breiten Bürgersteigen stehend, boten von buntgefärbten Leinenhemden über Schlipse mit nackten Wahinen, chinesischem Porzellen, japanischem Pflaumenschnaps, Heilkräutern und stinkendem Fisch alles an, was der pazifische Mensch eben so zu brauchen glaubt, um glücklich zu sein.

Ananas türmte sich auf den Tischen zu Pyramiden, und Blumen verströmten tausend Düfte. Mädchen von den Philippinen streiften umher, nach männlicher Beute Ausschau haltend. Wahrsager warfen ihre Stäbchen. Junge Herren in dunklen Anzügen verschwanden in den rot umrandeten Eingängen der Peep-Shows.

Ich langweilte mich nicht, geriet zwar in die Gefahr, daß mir eine alte Hawaiimammi eine vergoldete Hibiskusblüte aufschwätzte, wie ich sie für meine Freundin Pipi in Singapore um die Hälfte billiger erworben hatte, doch dann erspähte ich ein Taxi und fuhr zum „Royal Hawaiian" zurück.

Viertes Kapitel

Das „Moana Towers" hatte einen geräumigen Parkplatz, auf dem es an diesem Morgen eine Menge freier Buchten gab. Mein Chevy fiel hier nicht etwa durch besondere Eleganz auf, im Gegenteil. Aber es gab auch ein paar Karren, mit denen selbst in Hong-kong gerade noch ein Grünkramhändler aus den New Territories seinen Kohl zum nächsten Markt gebracht hätte.

Ich hatte mich nach einer Nacht guten Schlafes entschieden, am Morgen der Wohnung von Miß Teoro einen Besuch abzustatten, noch bevor die Gegend ringsum sich mit neugierigen Hausfrauen anreicherte, die einen Fremden mit weit größerem Interesse mustern würden als ihre Ehemänner. Außerdem hatte ich mir in einem Kaufhaus am Wege einen dieser praktischen Berufsmäntel gekauft, wie Elektriker sie trugen oder Wasserleitungsmonteure. Über der Brusttasche klebte ein Streifen mit der gut lesbaren Aufschrift *Schnellreparaturen*. Eingesteckt hatte ich eines meiner nützlichsten Instrumente, mit dem sich nahezu jedes Schloß der Welt öffnen ließ, hergestellt von einem meiner Hongkonger Freunde, der nicht eben zu den Lieblingen der Polizei zählte.

Es erwies sich auch diesmal wieder als zuverlässig. Allerdings brauchte ich es an der zentralen Eingangstür gar nicht, weil ich hinter einer Dame in das Gebäude huschen konnte, die einige Schwierigkeiten hatte, zwei volle Einkaufstüten zu transportieren. Ich half ihr zuvorkommend, benutzte sogar dieselbe Fahrstuhlkabine wie sie, nur daß sie – mich zum Dank anstrahlend – auf halber Höhe ausstieg, während ich bis zur letzten Etage schwebte, wo sich das befand, was auf der Fahrstuhlskala als Penthouse bezeichnet war, in Wirklichkeit aber aus mehreren Appartements bestand, die den Vorzug einer erstklassigen Aussicht auf die Stadt hatten, bis weit nach Waikiki hinein, und auf der anderen Seite bis zum Hafen.

Sand Island lag etwas verschleiert unter einer dünnen Wolke, die sich soeben abregnete, und im Norden waren die Berge der Koolau-Kette zu erahnen. Auch da schien es zu regnen.

Als Mensch, der in Hongkong auf einer Dschunke wohnt, gönnte ich mir ein paar Minuten den Blick in die bunte Ferne, aber dann, als ich begann, den Fischgestank Aberdeens zu vermissen, das Gekreisch der Schiffssirenen, den beizenden Geruch der Kochfeuer an Land, da besann ich mich auf mein eigentliches Vorhaben und marschierte einmal um die Etage herum, die offenbar von Leuten bewohnt wurde, die längst ausgeflogen waren, denn es zeigte sich an keinem der drei Eingänge jemand.

Also drückte ich den Klingelknopf, unter dem der Name Teoro stand. Vorsicht ist der Schutzpatron des Detektivs. Hier war sie überflüssig. Niemand reagierte auf den Gong, der drei verschiedene Signale abspielte.

Das Schloß war eine dieser lächerlichen Angelegenheiten, über die man in Hongkong in einschlägigen Kreisen gesagt hätte, es geht auf, wenn jemand laut genug hustet. Ich brauchte nicht einmal zu husten. Ich schob mein Spezialwerkzeug in die schmale Öffnung, tastete einen Atemzug lang herum, und dann erwies sich die Konstruktion des Schlosses als billig: das Ding sprang einfach auf.

Ein paar Sekunden verhielt ich noch, weil manche Leute Alarmanlagen benutzen, aber es entstand nirgendwo Lärm, und wenn es eine unsichtbare Leitung zum Hausverwalter gab, dann würde der eine ordentlich verschlossene Tür vorfinden, sobald er kontrollierte.

Ich trat ein und ließ das Schloß wieder einschnappen.

Niemand da. Vier gut möblierte Räume, denen man ansah, daß hier nicht ein verlotterter Hippie wohnte, sondern eine Frau mit Ordnungssinn. Das erleichterte meine Aufgabe, denn ordentliche Leute pflegen wichtige Materialien an bestimmten Plätzen aufzubewahren, ganz anders als Hippies mit unordentlicher Lebensweise, die überall etwas herumliegen lassen, vom Socken bis zum Parkschein, wodurch sie jede Suche erschweren.

Ein wenig Geld fand sich genau da, wo Geld zu liegen hat, in einer kleinen Kassette. Der Eisschrank in der winzigen Küche war ausgeräumt und abgestellt. Kein Schlüssel eingefroren in der Eisschale. Auch im Bad Sauberkeit, nicht einmal ein Haar im Kamm. Selbst schmutzige Wäsche befand sich – wie sich das gehörte – in einem dafür vorgesehenen Behälter. Diese Hana Teoro konnte nicht nur singen, sie hielt auch auf peinliche Ordnung.

Deshalb fand ich schließlich den Brief, der mir überraschend klarmachte, wo ich bei meiner Arbeit hier anzusetzen hatte; er lag höchst sauber gefaltet auf einem Stapel anderer Briefe in einer Schublade des Schreibsekretärs, der mir wie ein amerikanisches Erbstück vorkam, eine Beute, während des Sezessionskrieges im Süden gemacht.

Aus Gedanken dieser Art riß mich allerdings gleich das, was da in großen, aus einer Zeitung geschnittenen Blockbuchstaben stand: FINGER WEG, ODER WIR PACKEN AUS!

Ich hatte in Hongkong Erpressungen miterlebt. Warum hatte ich hier den Eindruck, es handle sich um einen Amateur mit wenig Erfahrung? Die Art des Vorgehens brachte mich wohl darauf. Finger weg – wovon? Und – warum die ausgeschnittenen Buchstaben? Es gab Telefone!

Ich überlegte kurz, ob ich den Brief mitnehmen sollte, aber das ließ ich bleiben. Selbst ein gut ausgestattetes Polizeilabor konnte bei solchen Nachrichten meist nicht mehr ermitteln als die Zeitung, die benutzt worden war. Vielleicht noch die Sorte Klebstoff. Das führte nicht weit. Fingerabdrücke auf Papier waren eine heikle Sache, ganz abgesehen davon, daß die Empfängerin das Blatt ja in der Hand gehabt hatte.

Also packte ich alles wieder sorgsam ein und nahm mir vor, zuerst Laureen Blair zu befragen, ob es an sie auch Drohungen ähnlicher Art gegeben hatte. Ich besah mir noch das Telefon genauer, aber ein Druck auf die Wiederholtaste brachte nur eine Verbindung mit einer Pizzeria zustande. Der Anrufbeantworter spulte mir ein halbes Dutzend völlig alltäglicher Botschaften ab, vom fertiggestellten Tanzkostüm bis zur ausgebesserten Lackierung am Auto. Als ich in das Innenleben des Apparates blickte, fand ich keine Abhörwanze. Neben dem Telefon lag ein Notizblock, aber der war leer. Das oberste Blatt, das ich vorsichtig mit Bleistift einschwärzte, wies keine Rillen auf. Dafür schien mir ein Adreßbuch interessant, das ich fand. Mitnehmen?

Ich entschied mich dagegen. Als ich schon an die Zeit dachte, die ich damit verbringen würde, die vielen Anschriften abzuschreiben, fiel mir ein, daß in der Schublade des Schreibsekretärs ein Diktiergerät lag, das ich ausprobiert hatte. Die Kassette war leer. Auch ein paar andere, die daneben lagen.

Eine halbe Stunde brauchte ich, dann hatte ich den Inhalt des Büchleins auf Band gesprochen, steckte die Kassette ein und versah das Gerät mit einer neuen.

Als ich das Appartement verließ, war eine Stunde vergangen, aber in dem riesigen Bauwerk tat sich nicht viel mehr als vorher. Im Fahrstuhl war ich allein, in der Halle erzählte eine aufgeregte Blondine gerade einer anderen, daß ein Lastwagen sie beinahe ins Jenseits befördert hätte, und die Tür war vermittels eines Feststellers weit geöffnet, vermutlich, um vor Eintritt der höchsten Tagestemperaturen noch ein bißchen Morgenfrische hereinzulassen.

Einen Mann in der Berufskleidung eines Monteurs beachten Damen selten, auch die Blondine und ihre Gesprächspartnerin taten es nicht. Offenbar hatten sie keine Sorgen wegen einer Schnellreparatur, wie sie über das Schild auf meiner Brusttasche auffällig angeboten wurde. Niemand verschwendete auch nur einen Blick auf mich, was mich als Mann zutiefst verärgerte, als Detektiv aber zufrieden abgehen ließ.

An der nächsten Straßenecke kaufte ich mir in einem Büroladen eines der kleinen Diktiergeräte, wie ich es in der Wohnung benutzt hatte und verwahrte die Kassette mit den Anschriften darin. Der blaue Arbeitsmantel landete im Kofferraum des Chevys, als ich mich nach Waialae aufmachte, nachdem mir Laureen am Telefon versichert hatte, ich sei willkommen.

Nun war ich wieder der durchschnittlich gekleidete Herr, der trotz des protzigen Autos niemandem auffiel. Vielleicht auch, weil das Auto seine besten Jahre schon eine Weile hinter sich hatte.

Waialae lag nach einer längeren Berganfahrt vor mir wie ein Park mit tausend verschiedenen Bäumen und Büschen, mit Blumen und malerischen Felsen, alles von einem begabten Gärtner zusammengesucht.

Nur daß es den Anschein machte, als habe ein Diener der Göttin Pele an den schönsten Stellen ihm immer wieder ins Handwerk gepfuscht und schmucke Villen hingestellt, um die Freude über die üppige Natur in Grenzen zu halten.

Ich fand das Anwesen der Blairs, nachdem der Fahrer eines am Straßenrand geparkten Taxis mir den Weg gewiesen hatte.

Ein paar tausend Quadratmeter gepflegtes Grün, Gelb, Rot und Blaßviolett. Geharkte Wege, Oldie-Straßenlaternen, die vermutlich aus einem aufgelösten Freudenviertel stammten, so schön waren sie, und weit von der Einfahrt entfernt einer dieser Bungalows, die eigentlich Super-Mega-Bungalow genannt zu werden verdienten. Man hatte sie auch auf dem Peak in Hongkong, und da oft noch ein bißchen protziger.

Empfangen wurde ich von einem Dalmatiner, dessen schwarze Flecken im hellen Fell wie mit Schuhcreme blankgewichst wirkten. Er saß bewegungslos vor der Eingangstür und blickte mich an, ohne zu bellen. Ich war ihm keinen Laut wert, den Eindruck machte er. Sein Blick folgte meiner Hand, als ich den Türklopfer betätigte, und als ein japanisches Hausmädchen öffnete, tat er so, als sei sie nicht vorhanden. Er schritt gravitätisch an ihr vorbei ins Haus, ohne auch nur mit dem Schwanz zu wedeln.

An Laureen, die im Hintergrund auftauchte, sprang er freudig hoch. Er saß auch neben ihr, als wir uns im Salon einen geeisten Tee gönnten. Laureen hatte wohl doch noch in Erinnerung, daß meine Neigung zu Alkohol gering war.

Einmal schlich das Hausmädchen an uns vorbei und schaltete eine zusätzliche Klimaanlage ein, die, wie ich zu spüren meinte, eine Art Blütenduft verströmte, dann ließ sie uns allein, und ich spielte Laureen das Adressenband vor, ohne ihr zu verraten, wie ich dazu gekommen war.

Sie hörte es aufmerksam an, dann sprach sie über einige Leute, die sie kannte. Es gab Namen, die Laureen wohl nicht bei der Teoro vermutet hätte. Sie zeigte sich verwundert, und ich registrierte das als Ansatzpunkt für mich – eine Nachforschung würde sich in Einzelfällen lohnen.

„Am meisten überrascht mich", gestand sie mir, „daß sie die Privatanschrift von Fred Osborn notiert hat. Das deutet auf eine nähere Bekanntschaft hin, von der ich nie etwas merkte. Im Gegenteil, wenn sie mit Fred zu tun hatte, gab sie sich meist ziemlich zugeknöpft. Und dann ist da diese Francis Lee. Sonderbar ..."

Meine Nachfrage bescherte mir die Kurzbiografie einer Sängerin, die etwa ebenso alt wie Hana Teoro war. Die Tochter eines Amerikaners und einer Chinesin aus Saigon war in Cholon aufgewachsen. Später, als der Krieg dort heftiger wurde und unzählige GI's die Stadt bevölkerten, entdeckte Francis Lee, daß Leute ihr gern zuhörten, wenn sie sang. Das tat sie zuerst in einem kleinen Schuppen in Cholon, aber der war „off limits" für Amerikaner, und deshalb wechselte sie in eine große Bar in der Tu Do, wo sich jeden Abend die Soldaten trafen, denen der Krieg so wenig Befriedigung brachte, daß sie für ein paar Stunden Tanz, Trubel, einschmeichelnden Gesang und das Versprechen eines Vormittags auf der Matte, nach Schließung der Bar, dankbar waren. Mit grünen Dollarscheinen.

Es war das Saigon des Krieges, und Francis Lee war ein echtes Kind ihrer Zeit.

Sie lernte schnell. Bald beherrschte sie nicht nur die gängigen Songs aus den Staaten, die jedem GI Tränen der Rührung in die Augen drückten. Sie probierte Lieder aus, die junge Saigoner in muffigen Quartieren am River verfaßten, mit Texten, die den GI in Vietnam besangen, seine Verlorenheit, seine Einsamkeit in diesem unverständlichen Land, seine Gefühle, wenn er zum Einsatz geflogen wurde, die Kälte des Todes, dessen Geschäft er betrieb – das alles, von Francis Lee in einem gewollt akzentbeladenen Song dargeboten, riß die Krieger in der Bar zu Beifallsstürmen hin und verhalf dem Etablissement zu ungeahnter Popularität.

Aber auch der Sängerin. So mancher GI, der seine Zeit lebend abgerissen hatte und heimwärts flog, erkundigte sich nach Schallplattenaufnahmen der Lieder. Junge Burschen machten ein Riesengeschäft mit selbst aufgenommenen Kassetten. Bis ein findiger Japaner, der seit langem in Saigon Geschäfte machte, die Chance ergriff und die Songs systematisch professionell produzieren ließ, während er gleichzeitig die jungen Songschreiber zu immer neuen Kompositionen anregte, vornehmlich mit Honoraren in US-Währung und dem Versprechen, sie mit Papieren für die Flucht nach Amerika zu versehen, wenn die Viet Cong kämen.

„Das war Mister Imai?" wagte ich zu fragen.

Laureen lachte: „Da kommt der Detektiv zum Vorschein!"

Sie bestätigte, ja dies sei Mister Imai gewesen. Bis zum etwas überhasteten Auszug aus Saigon, bei Ende des Krieges, habe er das Geschäft mit viel Erfolg betrieben. Habe sich dann in Honolulu angesiedelt, wie mancher andere auch, der aus Vietnam kam, und die Musikfirma „Southern Islands" gegründet. Mache gute Umsätze. Vornehmlich mit Francis Lee, die es verstanden habe, auch mit ihren neueren Liedern Fans zu gewinnen.

„Übrigens haben wir ein Band ..." Laureen ging zu einem mit Perlmutt eingelegten Schränkchen, suchte eine Weile und fand dann die Kassette, setzte sie in ein monströses Musikgerät, und wenig später hatte ich den Eindruck, in einer Kathedrale zu sitzen, ganz allein, und der Stimme eines traurigen, verlassenen

Mädchens zu lauschen, das ein paar Semester Musik studiert hat. Nicht schrill. Auch nicht weinerlich. Aber von einer blechernen Intensität, fesselnd. Es war ein Lied über ein am Meeresufer wartendes Mädchen, das glaubt, ihr Geliebter in einem fernen Land könne sie just in diesem Augenblick hören. Nicht ganz so verkitscht wie die Dutzendware aus den Regalen der Musikläden, aber unverkennbar auf die versteckte Sentimentalität des sonst so abgebrühten Zivilisationsmenschen zugeschnitten. Der Dalmatiner gähnte uninteressiert.

„Etwas viel Hall", erlaubte ich mir zu bemerken.

Laureen meinte, das sei einer der Lieblingseffekte dieser Sängerin. „Sie ist übrigens ein recht gut aussehendes Ding", urteilte sie und reichte mir die Kassette mit dem Bild einer dieser mandeläugigen Schönheiten, wie sie auf Hautcremereklamen in Hongkong gelegentlich zu finden sind, überhaupt auf allem, was verkauft werden soll. Und dann überraschte mich Laureen mit der Eröffnung: „Wes war dabei, sie für Aloha Records zu gewinnen. Er hat ihr einen außergewöhnlich guten Vertrag angeboten. Aber es ist wohl nichts daraus geworden ..."

Ich vermutete, Mister Imai von „Southern Islands" könnte einiges dagegen einzuwenden gehabt haben, daß jemand von der Konkurrenz das beste Pferd in seinem Stall mit einem Leckerbissen von ihm weglockte.

„Ist er denn nicht in der Lage, ihr genug zu bezahlen?"

Laureen lächelte. „Ich halte ihn für ziemlich betucht. Vielleicht ist er geizig, aber nicht arm."

„Hat Hana Teoro einen besseren Vertrag als Francis Lee bei Imai?"

Die beiläufig gestellte Frage brachte Laureen in Verlegenheit, das spürte ich, obwohl sie es geschickt zu verbergen suchte.

„Sie bekommt soviel wie die Lee bei Imai, mindestens. Das erwähnte Wes einmal."

Ich rechnete, während ich mich ein bißchen mit meinem Eistee beschäftigte. Wenn Francis Lee den Vertrag, den ihr Wes angeboten hatte, als so außergewöhnlich gut empfinden sollte, wie Laureen ihn bezeichnete, dann konnte die Gage, auch die prozentuale Beteiligung an den Tonträgern, vielleicht höher sein als in ihrem Vertrag mit Imai. Speiste Wes vielleicht seine eigene Spitzensängerin Hana Teoro mit weniger ab, als er der Lee anbot, um sie zu sich zu ziehen? Und kam das Angebot an sie Laureen deshalb als außergewöhnlich gut vor? Es gab noch ein paar andere Aspekte dieser Angelegenheit, und ich würde ihnen nachgehen müssen. Außerdem gab es da diesen Frank Osborn, der ebenfalls in Hana Teoros Adressensammlung stand, und zwar mit seiner Privatwohnung, wie ich jetzt von Laureen aufmerksam gemacht wurde.

„Wenn sie ihn geschäftlich erreichen wollte, hätte sie die Adresse des Studios in der Queen Emma Street notieren können."

Das fand ich auch. Was hatte die Folkloresängerin mit der Privatadresse des Mannes zu schaffen, der in ihrem Studio sozusagen die rechte Hand des Chefs war? Zumal sie sich, wie ich vermutete, mit dem Chef selbst so gut verstand, daß sie sich mit problematischen Fragen ohnehin an ihn hätte wenden können!

Das bestätigte mir Laureen: „Wes hatte ein sehr gutes Verhältnis zu ihr. Sie konnte in jeder Sache mit ihm persönlich verhandeln. Das tat sie auch."

Nun mußte Laureen vermutlich meinem Gesicht angesehen haben, daß ich kurz über ein Anliegen nachdachte, das nicht unbedingt etwas mit Schallplatten oder Kassetten zu tun hatte, denn sie lächelte und vertraute mir an: „Nein, nein, es gab keinen Grund zur Eifersucht, wenn du das meinst!"

Es klang echt, aber ich würde der Sache trotzdem nachgehen. Zum Beispiel der Frage, wie die Lee in Hana Teoros Adressenverzeichnis kam.

„Was ist dieser Osborn für ein Mann?"

Laureen beschrieb ihn als jungen Musikfachmann mit kaufmännischer Ausbildung. Er war der Sohn einer auf Kauai, der nördlichsten Insel der Gruppe, ansässigen Familie.

„Zuckerbranche", merkte Laureen an. „Er leitete eine Bonbonfabrik in Lihue. Aber das Herz war bei der Musik, immer, wie er sagt. Du weißt, wie das ist, wenn die Leute ihre Liebhaberei eines Tages zum Job machen ..."

Ich wußte es nicht so genau, wie Laureen es voraussetzte, aber ich nahm zur Kenntnis, daß ein Bonbonkaufmann in der Lage ist, auch Schallplatten oder Kassetten zu verkaufen. Vielleicht auch Heftpflaster. Möglicherweise besser als Bonbons.

„Süßer Junge, wie?" Ich brummte das nur so vor mich hin, aber Laureen reagierte prompt: „Hat einen ungeheuer originellen Schnurrbart. Und im Umgang, nun ja, er ist schon charmant ..."

Viertes Kapitel

Von der Originalität des strichdünnen Bärtchens auf der Oberlippe des jungen Mannes konnte ich mich zwei Stunden später überzeugen, als ich endlich in der Queen Emma Street eine Parklücke gefunden hatte und im Empfangsraum von „Aloha Records" saß, einem der am besten klimatisierten Büros, die ich bisher gekannt hatte, außerdem mit angenehm unmodernen Sesseln ausgestattet, in denen man sitzen konnte, ohne Rückenschmerzen zu bekommen. Und mit einer Sekretärin versehen, die aussah wie eine von der letzten Schönheitskonkurrenz glatt ignorierte Perle.

Frank Osborn war in der Tat das, was ältere Damen als einen süßen Jungen bezeichnet hätten. Das meinte Laureen wohl mit charmant. Der Bursche von nebenan, dem man bei entsprechender Mitgift seine Tochter – sofern man eine hatte – anvertrauen würde. Für mich hatte er etwas von einem Eintänzer, der sich in eine Frittenbude verirrt hat, aber man kann sich beim ersten Ansehen ja täuschen, oder nicht?

Er begrüßte mich mit einer Flasche Bourbon, und als ich abwinkte, es sei noch zu früh, fiel ihm sogleich die britische Weisheit ein, nicht vor Sonnenuntergang mit Alkohol zu spaßen. Er lachte: „Natürlich, Hongkong! Dort lernt man eben die britische Lebensart!"

Ich machte ihn bescheiden aufmerksam: „Es ist vielleicht mehr das Erbe meiner chinesischen Ahnen. Die sind mit Alkohol immer sehr vorsichtig umgegangen, wenn man von ein paar versoffenen Gelehrten absieht und von Dichtern, die dann aus dem Boot in den See fielen und gleich drin blieben ..."

Das schluckte er ohne Kommentar. Laureen hatte ihn, wie er durchblicken ließ, telefonisch auf mich vorbereitet, und er bot mir auch gleich an: „Mister Lim Tok, wenn Sie meine Hilfe brauchen – ich stehe Ihnen jederzeit zur Verfügung, selbstverständlich!"

Der Mann war aalglatt. Das war zwar vorerst nur ein Verdacht, und ich hütete mich, meine Gedanken zu deutlich zu äußern. Aber mein Gefühl hatte mich in solchen Dingen noch nie irregeführt. So fragte ich ihn, was er wohl vom Verschwinden seines Chefs hielt. Ob die Möglichkeit bestünde, daß Wes Blair einfach ausgestiegen war.

Während er sich Zeit nahm, umständlich zu erwägen, daß die Wahrscheinlichkeit dafür zwar gering, aber immerhin vorhanden sei, daß es aber eigentlich keine finanziellen Gründe dafür geben könnte, daß im übrigen auch in der Ehe keine auffälligen Anzeichen für einen solchen Entschluß zu finden seien, soweit er es überblicke, überlegte ich mir, was wohl geschehen würde, wenn jetzt Hana Teoro unvermittelt eintreten und Osborn mich ihr als Mister Lim Tok, Detektiv, vorstellte, während sie in mir den Hongkonger Schallplattenfuzzi Clifford Jones sah. Es war wohl besser, wenn ich entweder ihr oder aber Osborn die Wahrheit beichtete und den Zweck der Identitätsverschleierung erklärte. Und da schien mir Osborn das geeignetere Objekt, abgesehen davon, daß Hana Teoro eben nicht anwesend war. Außerdem würde man an seiner Reaktion einigermaßen absehen können, ob er plapperte, oder ob er Dinge für sich behalten konnte, wenn man darum bat. Und man würde ihm signalisieren, daß man ihm vertraute. Das wirkte immer.

Also unterbrach ich ihn, als er bei seiner Beschreibung Blairs Luft holte, und machte ihn aufmerksam: „Reden wir einmal über Blairs Starsängerin. Miß Teoro. Besteht die Möglichkeit einer Liaison, die eventuell Probleme heraufbeschworen hat? Man findet so etwas ja gelegentlich im Showgeschäft, wenn man intensiv sucht ..."

„Hana Teoro?" Ich merkte, wie er den Haken schluckte.

„Eine sehr integre Dame. Ich habe nie etwas von einem besonderen ... äh, Verhältnis zu Mister Blair gemerkt."

„Sie ist überhaupt ziemlich unzugänglich, wie?"

„Kennen Sie sie?"

Ich hatte ihn zielstrebig auf diese Gegenfrage hingeschubst, und nun bemerkte ich in einem Tonfall, den manche Leute vertraulich nennen: „Kennen wäre übertrieben zu sagen. Ich sprach mit ihr. War schon froh, daß sie mich überhaupt anhörte. Sie verstehen, ich bin Detektiv, das ruft nicht gleich bei jedermann Sympathie hervor, besonders bei Koryphäen des Showgeschäfts, wie Miß Teoro eine ist – ich stellte mich ihr deshalb als Schallplattenproduzent vor ..."

„Um sie zu prüfen?"

„Um von ihr überhaupt angehört zu werden!"

Er lachte laut: „Hätten Sie nicht tun müssen, Mister Lim Tok, die Dame ist sehr aufgeschlossen, ohne die sonst üblichen Starallüren ..."

Damit konnte er recht haben, soweit es meinen ersten Eindruck von ihr betraf, aber ich würde das noch genauer untersuchen. Zunächst bestätigte ich ihm: „Das fiel mir auch gleich auf, ja. Würden Sie deshalb diesen kleinen Schwindel vorerst für sich behalten, wenn Sie wieder mit ihr sprechen? Ich erkläre ihr das schon zu einem geeigneten Zeitpunkt, aber ich möchte nicht, daß sie über mich verstimmt ist. Wissen Sie, ich muß das Verschwinden eines Mannes untersuchen, da will man eben vieles von dessen Bekannten hören, ungefärbt möglichst. Und auch nur an sie heranzukommen, das ist zuweilen gar nicht so einfach, da ist einem manches Mittel recht ... Sie verstehen?"

Er hob die Arme, als bedrohe ich ihn mit einer entsicherten Waffe. „Aber natürlich, Mister Lim Tok! Keine Sorge, ich werde Ihr kleines Geheimnis nicht ausplaudern. Welchen Eindruck hatten Sie von Miß Teoro?"

„Den besten!" gab ich zurück. „Eine wohltuende Erscheinung. Und eine Könnerin, wie man sie wohl so häufig in dieser Branche nicht findet!" Das war keineswegs gelogen, es war allerdings auch deshalb so gesagt, um den Mann einzukaufen. Denn er stand auf die Teoro, das zu erkennen war ohne Lupe möglich. Jetzt würde es interessant sein, ob er sich an sein Versprechen hielt oder nicht. Hana Teoros Benehmen, wenn ich sie das nächste Mal traf, würde darüber Aufschluß geben. Wenn sie sich spröder zeigte als gestern, mußte die Frage lauten, warum er mich verpetzt hatte.

„Waren Sie einmal auf der ‚Laureen'?"

„Auf Mister Blairs Boot?" Er nickte. „Natürlich. Er lud uns gelegentlich zu einer Kreuzfahrt ein oder zu einer Party. Meist nach einer erfolgreichen Platte. Schönes Fahrzeug."

„Wer gehörte sonst noch zu den Teilnehmern an solchen Fahrten?"

Er langte in seine Schreibtischschublade und schob mir ein Foto hin, an Deck der „Laureen" aufgenommen, wie ein Rettungsring im Hintergrund bewies. Ich erkannte ihn, Wesley Blair, seine Frau und Hana

Teoro. Eine Anzahl anderer Leute waren mir unbekannt.

„Es war unmittelbar nach der letzten Scheibe", erklärte Osborn.

Ich kam mir im Grunde so klug wie vor meinem Besuch vor. Viel hatte ich nicht erreicht. Ein Hinweis, der mir hätte entscheidend weiterhelfen können, war nicht aufgetaucht. Auch die letzte Party, auf der Osborn mit Blair und den anderen Bekannten fotografiert worden war, nahm sich in seiner Beschreibung wie ein höchst uninteressantes Treffen aus. Eben eine Art Premierenfeier, wie es sie öfter gab. Wußte er tatsächlich so wenig? Oder hatte er sich so gut auf meinen Besuch vorbereitet, daß es ihm jetzt gelang, den unwissenden Angestellten zu spielen, in einer Firma von genau der Größe, die dafür spricht, daß einer den Klatsch über den anderen kennt?

„Ich werde weitersuchen", versicherte ich ihm freundlich, als ich mich nach ein paar weiteren belanglosen Fragen und ebenso nichtssagenden Antworten schließlich verabschiedete.

Das Foto gab er mir auf meine Bitte hin mit. Er sagte sogar, daß er das gern tat. Machte mich ganz unbefangen auf das Gesicht einer jungen Dame aufmerksam, die etwas im Hintergrund zu sehen war: „Das ist übrigens Miß Lee. Sie produziert bei der Konkurrenz, aber sie und Mister Blair kennen sich ..."

Dabei machte er ein Gesicht wie ein Nichtraucher, der über die Geschmacksvarianten von Zigaretten redet.

In meinem Kopf spukte der Aphorismus eines alten chinesischen Philosophen herum, in dem es heißt, die Sprache diene den Menschen im wesentlichen dazu, sich gegenseitig zu belügen.

Die Fotografie, eine erheblich jüngere Erfindung als die menschliche Sprache, erwies sich wenig später für mich als etwas, das hätte erfunden worden sein können, um verborgene Zusammenhänge zu erhellen.

Ich streifte zum ersten Mal in einer dieser lächerlichen, knielangen und knallbunten Kattunhosen und einem ebensolchen Hemd, auf das sämtliche Palmen Honolulus gedruckt waren – in Naturfarben! – den Strand entlang, einfach, um nicht nur fortwährend zu arbeiten, sondern auch einmal etwas von dem Flair zu schnuppern, das Millionen anlockt, und wofür diese Millionen bemerkenswerte Summen bezahlen.

Auf meiner Hemdenbrust stand, von bunten Palmen eingerahmt, in Blocklettern *Ich liebe alle Touristen*. Auf dem Rücken ging der Spruch weiter *Sobald sie Hawaii verlassen*!

Zuerst war es nur ein Gesicht, das mir von der Wand einer Getränkebude her zulachte. Es kam mir vage bekannt vor, aber ich wußte nicht gleich, wer diese junge Dame mit den kontinentalen Mandelaugen und dem sehr langen Haar sein könnte, die mich da vom Plakat anlächelte. Und nahe genug ging ich nicht heran.

Wenig später, als ich mich gerade an der Akrobatik erfreute, mit der ein paar ranke Mädchen Sandvolleyball spielten, drückte mir ein vorüberflitzender Knirps das Flugblatt mit demselben Gesicht in die Hand, und – hier war der Name des bezaubernden Wesens nun wirklich groß genug gedruckt, um selbst für einen Maulwurf noch lesbar zu sein: FRANCIS LEE.

Sie gab sich die Ehre, am Abend, nach Sonnenuntergang, im Foyer des „Royal Hawaiian" aufzutreten, zusammen mit einigen weniger bedeutenden Künstlerinnen des wohltönenden Gewerbes, deren Namen dementsprechend kleiner gedruckt waren. Ein Service des legendären Hotels, so war da zu lesen, für seine Gäste, besonders für eine Schiffsladung von Vietnamkriegs-Veteranen aus den Vereinigten Staaten, die auf dem nostalgischen Trip zu den Stätten der weniger frohen Taten ihrer Jugend hier Station machten. Nette Idee. Allerdings betrug der Preis für einen Sessel im Foyer vierundzwanzig Dollar. Der Stehplatz war vier Dollar billiger.

Ich gönnte mir in Anbetracht der von Laureen Blair als Honorar ausgesetzten Summe einen Sessel. Zuvor duschte ich mehrmals, tauschte die Clownshosen und das Palmenhemd gegen einen altweißen Tropenanzug, von dem Pipi, die liebe Kleine in Hongkong mir versichert hatte, den trüge ein Gentleman von Format heutzutage in tropischen Hotels zum Dinner und zu verwandten Anlässen, und zuletzt steckte ich mir noch eine knallrote Blüte aus dem täglichen Zimmerblumenstrauß ins Knopfloch.

So geschmückt pflanzte ich mich in den teuer bezahlten Sessel und hoffte, daß niemand ringsum bemerkte, daß mein Atem noch leicht nach den Gewürzen der Spare ribs duftete, die ich zuvor genossen hatte. Die Kerle in der Küche des „Royal Hawaiian" rieben die Rippchen offenbar mit Knoblauch ein, ohne den feinen Mann darauf aufmerksam zu machen, wenn er sie bestellte, daß er danach näheren Kontakt mit der übrigen Menschheit tunlichst vermeiden sollte. Während ich noch darüber nachdachte, welche Katastrophen aus der Unkenntnis der Küchengebräuche fremder Völker für den arglosen Gentleman erwachsen können, wenn er sich mit der Absicht trägt, nach dem Rippchendinner die Einladung einer Dame zu froher Unterhaltung zu riskieren, gingen die riesigen Kronleuchter an der Decke des Foyers an. Rosa.

Die Band ließ sich auf der Bühne nieder. Endlich einmal Leute, die nicht in Hosenträgern und ausgefransten Jeans auftraten.

Sogleich begannen sie zu spielen. Ohne das Ohr zu beleidigen. Sie boten Musik, keinen Lärm, was mir angenehm auffiel.

Ein junger Mann erschien nach dem ersten Schauer und erzählte ein paar Minuten lang etwa das, was ich über Francis Lee bereits von Laureen erfahren hatte. Ich besah mir diesen Burschen mit Interesse, der fraglos aus Saigon stammte, ein entsprechendes Englisch von sich gab, sonst aber keinen so schlechten Eindruck machte. Auf dem Flugzettel war er als Mister Thi, Manager verzeichnet.

Die Künstlerin, derentwegen ich die Veranstaltung besuchte, erschien nach einigen belanglosen Nummern in der Kleidung, in der Tausende von Saigoner Mädchen jahrelang Hunderttausende von GI's fasziniert hatten, dem hochgeschlitzten Seiden-Cheongsam und den weiten Pyjamahosen darunter. Ich fand sie sympathisch, auch noch, als sie sang, und dann nahm meine Sympathie für sie noch zu. Vermutlich weil das, was sie vortrug, die sentimentale Ader in mir anschwellen ließ, die ich stets leugne. Und weil Francis Lee – ähnlich wie Hana Teoro, die ich in diesem Kulturzentrum erlebt hatte – keine akrobatischen Verrenkungen auf der Bühne vollführen mußte, weder mit dem Bauch noch mit dem Hintern zu wackeln hatte, um ihrer Darbietung Pfiff zu verleihen.

Nein, ihre Stimme genügte. Den Rest besorgten die Texte, die man im Gegensatz zu denen anderer Sängerinnen, die zu erleben ich die Qual gehabt hatte, verstehen konnte. Wort für Wort. Und jedes Wort lohnte sich. Das führte dazu, daß die Schiffsladung Vietnam-Veteranen, von denen die meisten sie wohl in Saigon schon einmal gehört hatten, alsbald in lärmende Begeisterung geriet, was ganz ohne einen Animateur, wie er sonst bei solchen Fahrten üblich war, Stimmung schaffte.

Wenn Sie jemals begeisterte GI's erlebt haben, dann wissen Sie, welchen Radau die machen, falls ihnen ein Vortrag wirklich durch den Tomantenketchup hindurch direkt an die Seele geht. Ein ohrenbetäubendes Gemisch aus Beifallsgebrüll, Klatschen, Pfiffen und Zurufen der feineren Art. Geschossen wurde nicht, wie das früher in Vietnam noch Mode gewesen war. Dazu waren die Waffenbestimmungen in Honolulu zu strikt. Aber ich bin überzeugt, die Veteranen hätten sonst die rosa getönten Kronleuchter von der Decke geballert.

Ein rundum preiswertes Vergnügen, wie mir schien, während ich lauschte, wie sie das Lied von dem Mädchen am Meer sang, das von den Kreuzen bei Khe Sanh, das von Da Nang, dem Wunderbaren, auch die Ballade von der Heirat in der kleinen Kirche von Chù Quan und dem Neugeborenen, das dort die Messe für den im Delta gefallenen Vater erlebte an dem Tage, an dem es eigentlich in seinem Beisein getauft werden sollte.

Das war alles so schön sentimental, daß selbst die etwas verfetteten Ehefrauen der Ex-GI's, die mir als schnell eifersüchtig bekannt sind, salzige Tränen mitweinten, die erst dann versiegten, als Francis Lee etwas beiseite trat, um ein Instrumentalstück abzuwarten.

Mir kam in dieser Pause der allgemeinen Rührung die Idee, mit Mister Thi zu sprechen, der still abseits an einem kleinen Tisch saß und den Eindruck machte, als leide er unter den Songs mindestens ebenso wie die eben noch besungene junge Mutter, deren Mann auf Flußpatrouille starb. Kurz entschlossen ging ich zu ihm hinüber.

„Was wollen Sie?" waren seine ersten, nicht unbedingt freundlichen Worte.

Dazu ein ängstlicher Ausdruck in seinem Gesicht. Als ob ich ihn mit einer abgesägten Schrotflinte bedrohen würde. Dabei konnte es höchstens eine leichte Knoblauchfahne sein!

„Sie entschuldigen, Sir", gab ich mir Mühe, meine süßeste Platte abzuspielen, „es ist eine geschäftliche

Frage, die ich gern an Sie richten möchte, falls Sie mich nicht abweisen, was ich außerordentlich bedauern würde ..."

Ich hatte mich entschlossen, auch bei dieser Sängerin, von der es eine gewisse Verbindung zu dem verschwundenen Wes Blair gab, in der Rolle des Musikverlegers aus Hongkong aufzutreten.

Geschäft ist Geschäft, auch bei Sängerinnen, darauf kann man bauen wie auf die Bestechlichkeit von Abgeordneten. Es ist nur eine Frage des Preises. Und der Machart.

Wes Blair hatte es versucht. Nun wollte ich etwas mehr wissen. Ich hatte Glück. Der junge Mann, der Francis Lee persönlich managte, nahm mir meinen Spruch ab, wenngleich er nicht gerade Begeisterung zeigte, was mir andeutete, er habe einen Produzenten, und zwar einen, mit dem er zufrieden war.

Er wies auf einen Sessel: „Nehmen Sie Platz, Sir, wie war der Name?"

Ich sprach es noch einmal deutlich aus: „Clifford Jones. Musikvertrieb Hongkong Records. Wir beliefern einen großen Teil der Musikläden auf dem chinesischen Festland, unsere Absätze sind erheblich dort. Außerdem Hongkong. Pazifische Anrainer. Ich höre Miß Lee zum ersten Mal, und ich bin begeistert!"

„Sie ist eine mitreißende Sängerin", stimmte er mir zu. Kunststück, welcher Manager wird schon seinen Klienten schlecht finden! Mir war es darauf angekommen, daß er mir überhaupt erst einmal zuhörte, und das tat er, ohne daß ich die Sängerin erneut loben mußte.

„Sie ist bei Southern Islands unter Vertrag, höre ich?"

„So ist es."

Ich machte eine bedeutungsvolle Pause, während weiterhin ohne die Sängerin musiziert wurde. Dann schoß ich die Frage ab: „Mister Thi, ich möchte, daß diese hervorragende Künstlerin in unserem Programm einen gebührenden Platz findet. Ich respektiere den mit Mister Imai von Southern Islands bestehenden Vertrag. Aber ich biete die Chance für eine Abmachung, die uns beiden nützt. Ich könnte einzelne Titel in Lizenz nehmen. Auch eine Sammlung ihrer besten, auf Disc oder Kassette. Wären Sie bereit, Miß Lee und Mister Imai das zu übermitteln?"

Ich log, daß die Vögel hätten vom Himmel fallen müssen, und ich wurde schließlich unterbrochen, als Francis Lee die Schlußphase der Veranstaltung mit dem Lied „Bye bye Saigon" einleitete, dem vielleicht traurigsten Lied, das sie an diesem Abend bot.

Von einem Team hervorragender Handwerker hergestellt, wie ich meinte, die Geschichte des Abschieds der GI's an jenem trüben Frühlingsmorgen, als die Vietcong in die Stadt rollten. Weinende Bräute, zurückgelassen in der Ungewißheit, wütende Soldaten in den Hubschraubern, und eine Flagge, die schlapp am Mast hing wie die Haut eines erschlagenen Tieres, dessen Todesschrei im Geratter der Hubschraubermotoren und dem Gerassel der Panzerketten unterging. Wie eine Jugend, die man gelebt hat, ohne lästige Sorgen. Ein Stück von der Sorte jenes blendend gemachten, sogar leicht patriotisch angehauchten Kitsches, der in fast jedem Land der Welt überfüllte Stadien voller Narren zur Raserei bringen kann.

Kürzlich hatte ich irgendwo gelesen, daß die GI's mehr als sieben Millionen Tonnen Bomben auf Vietnam abgeworfen hatten und der Krieg den Vietnamesen allein eine halbe Million Krüppel bescherte, abgesehen von den Toten. Jetzt, bei diesem Lied, war es mir beinahe unangenehm, daß mich meine grauen Zellen an die Zahlen erinnerten – sie störten die herrliche Sentimentalität des Augenblicks.

Mister Thi hatte geschwiegen, wie um den Paradesong erst verklingen zu lassen, bevor er mir antwortete. Jetzt verbeugte sich Miß Lee, während das Publikum tobte, und als endlich wieder zu verstehen war, was die Sängerin ins Mikrofon hauchte, vernahm ich die beunruhigenden Worte: „Danke für Ihre Güte. Es war das letzte Lied in meinem Leben. Man erpreßt mich. Aber ich werde nicht nachgeben. Ich habe alles erreicht. Behalten Sie mich in Ihrer Erinnerung. Meine Lieder werden weiterleben. Aloha!"

Damit hob sie die rechte Hand, in der sich plötzlich eine kleine, flache Pistole befand. Sie setzte sie an die Schläfe und drückte ab. Einfach so.

Das alles geschah blitzschnell und überraschend, niemand war in der Lage, etwas dagegen zu unternehmen. Der Knall des Schusses war dünn, gedämpft. Francis Lee fiel hintenüber und blieb liegen.

Erst da löste sich beim Publikum die Erstarrung. Wich einem entsetzten Stöhnen, lauten Schreckensrufen und Stimmendurcheinander.

Ganz hinten rief einer, der entweder betrunken war oder nichts von alldem begriffen hatte: „Da capo!"

Von den Musikern stürzten einige zu Francis Lee, um zu helfen. Auch aus dem Publikum rannten Leute nach vorn.

Ich gestehe, daß ich selbst so überrascht war wie selten in meinem Leben, und da hat es gewiß schon einige gute Gründe gegeben, überrascht zu sein.

Doch dann wurde ich plötzlich hellwach, als mir gegenüber der junge Manager aufsprang und, ohne es wohl selbst zu merken, aufheulte: „Warum macht sie das? Es ist alles geregelt worden!"

Dann lief auch er dorthin, wo Francis Lee lag, und wo einige Hotelangestellte inzwischen verzweifelt versuchten, die Neugierigen zurückzudrängen. Eine Schande für das „Royal Hawaiian", wenn sich ausgerechnet hier eine populäre Sängerin öffentlich erschoß! Ich bewegte mich vorsichtig näher, doch dann fiel mir ein, daß – wie bei vielen ähnlichen Anlässen – wieder einmal niemand auf den Gedanken kam, die Polizei zu benachrichtigen oder eine Ambulanz zu rufen.

Die Nummer von HPD, wie die Behörde hier hieß, stand auf dem Schild am Apparat in der Lobby. Ich fragte nach Detective Tamasaki, und ich hatte Glück, denn gleich darauf meldete er sich mit seiner vermuffelten Stimme.

„Was soll ich da, wo sich eine verrückte Sängerin auf der Bühne totschießt?" fragte er mürrisch. „Das erledigen bei uns die Leute vom medizinischen Schnelldienst!"

Es gelang mir, ihm den Köder zu verabreichen: „Das ist eine der Personen, die nach meinen Ermittlungen Verbindung mit dem verschwundenen Wesley Blair hatten!"

Er meinte zwar, von der Sorte würde es einige hundert in Honolulu geben, aber er kam. Noch vor der Ambulanz. Was mich zu der frechen Bemerkung reizte, es gäbe wohl zu viele Vorfälle dieser Art für die Medizin in Honolulu.

„Unsere Bühnenkünstler", erklärte er feierlich, „ziehen es im allgemeinen vor, den Verdienst nicht in zweiundzwanziger Eisen anzulegen, um sich damit das Licht auszublasen. Was hat die Dame dazu getrieben? Liebe?"

Ich erinnerte mich an die unbedachte Bemerkung des Mister Thi über die „Erledigung von allem", aber ich erwähnte sie nicht. Sagte statt dessen: „Sie hielt eine Abschiedsrede, bevor sie schoß. Sie sei erpreßt worden."

„Sagte sie?"

„Laut, ja."

„Von wem?

„Das sagte sie nicht."

Ein Beamter brachte Tamasaki die flache Handtasche, die Miß Lee hinter der Bühne abgelegt hatte. Der Detektiv wühlte zwischen Kleenex und Elizabeth Arden, aber sie enthielt nichts, was Aufschluß hätte geben können. Nicht einmal ein Adreßbuch. Wenn es eins gab, dann würde es Tamasaki an sich nehmen, sobald er ihre Wohnung auf den Kopf stellte. Das wollte er machen, sagte er. Ich ging da wohl leer aus.

Einer Eingebung folgend, machte ich Leo Tamasaki auf den im Hintergrund verdattert herumstehenden Manager aufmerksam und redete ihm schnell ein: „Fragen Sie, was er weiß. Ich gehe zu ihm, bevor Sie ihn ansprechen, möchte nicht, daß er von mir denkt, ich spiele mit der Polizei in derselben Liga!"

Er knurrte: „Wäre furchtbar!" Aber immerhin grinste er dabei.

Ich kam weiteren hämischen Kommentaren zuvor, indem ich ihm mitteilte: „Er hält mich für einen Musikverleger. Das soll so bleiben, vorläufig. Wenn Sie bitte darauf achten würden!"

„Musikverleger!" Er lachte laut hinter mir her. „Die Hongkonger Ideenschmiede in voller Aktion ..." Was er sonst noch lästerte, verstand ich nicht, es kam mir wie die Sprache von Ureinwohnern vor.

„Schrecklich", konnte ich gerade noch zu dem ziemlich betreten aussehenden Mister Thi sagen, in bedauerndem Ton, dann stand Tamasaki, seinen Dienstausweis präsentierend, vor uns und knurrte Thi an: „Sie waren ihr Manager?"

„Ja, Sir."

„Wer hat sie erpreßt?" Tamasaki schoß die Frage so unvorbereitet ab, daß Thi zusammenzuckte. Der Detektiv machte ein Gesicht, als habe er sich nur nach dem Wetter erkundigt.

Thi schluckte nur schwer, statt zu antworten. Aber Tamasaki wies auf mich und klärte den Manager auf: „Keine Sorge wegen der Diskretion. Dieser Herr Musikverleger hat absolut nicht die Absicht, dem

Image der Sängerin gewissermaßen postum noch zu schaden. Im Gegenteil, er dürfte Geschäftsinteressen haben. Richtig, Mister?"

Mit dem Mann konnte man spielen, er verstand es, einem kleinen Privatermittler Bälle zu überlassen, ohne daß es danach aussah.

„Sehr richtig", antwortete ich ihm, das Spiel weiterführend. „Mister Thi und ich hatten uns gerade miteinander bekannt gemacht. Ich unterbreitete ihm sozusagen einen geschäftlichen Vorschlag genau in dem Augenblick, als der Schuß fiel ..."

„Keine Erpressung?" Er sah mich so drohend an, daß es echt wirkte.

Ich wehrte ab: „Absolut nicht! Ich war von der Gesangskunst der Miß Lee überwältigt. Seit meiner Kindheit habe ich nicht mehr so ..."

„Gut, das reicht!" stoppte er mich. Ich hatte den Eindruck, er mußte sich ein Grinsen verbeißen. Zu Thi gewandt, sagte er: „Also, ich höre!"

Zögernd bequemte sich Thi, dem Detektiv etwas mehr von der Geschichte aufzudecken, als er es mir gegenüber aus Versehen getan hatte. Es gäbe da jemanden, so habe ihm Miß Lee erzählt, der sie mit gewissen Einzelheiten aus ihrer Vergangenheit unter Druck zu setzen versucht habe. Aber Genaues sei ihm nicht bekannt. Sie sei oft verstört gewesen und habe nach einer Lösung gesucht.

Tamasaki hörte sich das gelassen an, auch etwas gelangweilt, wie es mir vorkam, und er gab nicht zu erkennen, ob er Thi abnahm, daß er nur so wenig davon wußte. Am Schluß strich er sich über sein Bürstenhaar und erkundigte sich: „Sie war aus Saigon, ja?"

„Richtig, Sir."

„Vielleicht war sie bei den Vietcong und hat jemanden erschossen?"

Thi schüttelte den Kopf. „Miß Lee konnte während

dieses Krieges noch gar kein Gewehr halten. Sie war ein junges Mädchen. Lebte in der Stadt und trat dann in Clubs auf. Soviel ich weiß, war das so. Ich selbst habe es nicht miterlebt, ich komme aus Cam Ranh. Nein, so etwas wie Tätigkeit bei den Vietcong war Miß Lee gewiß nicht zuzutrauen ..."

Er sagte es akzentuiert, aber mir fiel auf, daß er dabei Tamasaki forschend anblickte, als wolle er herausfinden, ob der ihm auch glaube. Tamasaki massierte weiter sein Bürstenhaar. Er dachte nach, schien aber zu keinem Ergebnis zu kommen.

Schließlich sagte er gelassen: „O.K., mich interessiert nicht, was jemand im letzten Krieg auf dem asiatischen Festland gemacht hat. Ist nicht mein Geschäft. Die Dame hat sich öffentlich erschossen, also liegt kein Mord vor. Damit erlischt mein Interesse. Ich werde erst wieder tätig werden, wenn jemand Anzeige wegen Erpressung erstattet. Das heißt, die dafür zuständige Abteilung wird sich der Sache dann annehmen. Mister Thi, mein herzliches Beileid!"

Er drehte sich einfach um und ging. Ohne mich noch einmal anzublicken. Das war mir allerdings ganz recht.

Im Vorbeigehen winkte er den Leuten, die mit ihm gekommen waren, sie sollten die Leiche wegschaffen.

In der rosa Halle verbreitete sich nach der Aufregung nun eine triste Stimmung, von der ich annahm, sie werde den Geschäftsgang in der Luxusherberge nicht gerade beflügeln.

Ich rief Laureen an und teilte ihr die Neuigkeit mit. Sie war das, was Politiker gern „betroffen" nennen. Das heißt, sie registrierte die Nachricht ohne nennenswerte innere Bewegung, obwohl sie schon äußerlich traurig erscheinen wollte. Zu sagen hatte sie nichts weiter. Sie hatte das Mädchen von Fotos gekannt. Von einer Party. Keine persönliche Verbundenheit.

Ich blieb gleich am Telefon und rief im Polynesischen Kulturpark in Laie an. Spielte die Amtsperson, die unbedingt wegen eines Todesfalles sofort Hana Teoro an den Apparat haben mußte.

Die Leute glaubten mir offenbar, und Hana Teoro, nachdem sie meine Mitteilung über den Tod von Miß Lee gehört hatte, schwieg eine ganze Weile, bevor sie mir eröffnete: „Mister Jones, ich muß wieder zum Auftritt. Aber ich möchte mit Ihnen reden."

„Sehr gern", bot ich ihr an, „wo könnten wir uns treffen?"

„Ich bin, wie vorgesehen, morgen mittag zurück in Honolulu. Dann rufe ich Sie im Royal an."

Es gelang mir gerade noch, ihr den Anruf auszureden, und ich schlug ihr vor, mich im Surf Room zu treffen, ich würde ab zwölf Uhr dort auf sie warten. Denn sie hätte guten Grund gehabt, sich zu wundern, daß es einen Musikproduzenten Clifford Jones im „Royal Hawaiian" nicht gab, wenn sie anrief. Ein Treffen im Surf Room würde überhaupt die geeignete Gelegenheit sein, meinen kleinen Schwindel aufzuklären.

Später, als ich über mein Vorgehen in Ruhe nachdachte, fiel mir jener Mister Imai ein, der Mann, dem „Southern Islands" gehörte, und ich erinnerte mich, daß ich beim Frühstück in der Lokalzeitung gelesen hatte, der bekannte Inhaber einer der großen Tonträgerfirmen von Honolulu eröffne in der Lime Street ein neues Geschäft, die Kombination eines Ladens mit einem Club für junge Leute und einer Disco. Es würden dort nicht nur die eigenen Produktionen verkauft und gespielt, sondern auch die anderer Firmen.

Honolulu würde um einen Treffpunkt moderner Unterhaltung reicher sein, hieß es da. Das Etablissement würde „Southern Islands" heißen, wie die Firma auch.

An der Rezeption wußten sie, daß die Zeremonie

um zehn Uhr am nächsten Morgen beginnen sollte. Ich konnte mir also noch ein weißes Hemd waschen lassen. An dem Automaten in der Halle ließ ich mir vorsichtshalber ein Dutzend Visitenkarten drucken mit der Aufschrift: Clifford Jones • Hongkong Records Inc. • General Manager

Mister Imai sah aus wie die Kopie eines Tokioter Beamten, der dort die Öffnungszeiten der Tempel regelt, und dem man gesagt hat, er solle, sobald er feierlich gekleidet sei, nur noch Fröhlichkeit ausstrahlen, nicht mehr Gesetzestreue.

Einer dieser kleinen, zäh wirkenden Männer, deren Lächeln ebenso Freude bedeuten kann wie auch Abscheu oder Verlegenheit. Straffe Haltung, dabei eine äußerst umgängliche Art Fremden gegenüber. Das bekam ich sogleich zu spüren, als er meine Visitenkarte von dem kleinen Lacktablett nahm, das der Partydiener ihm hinhielt.

Nach einem kurzen Blick darauf legte er sie wieder zurück und wandte sich mir mit geöffneten Armen zu. Er zeigte das Gesicht eines Mannes, der seinen totgeglaubten reichen Onkel wiedersieht, aber er zeigte es eben nur, sein echtes Gesicht war es nicht.

Europäer und auch Amerikaner haben für derlei Heuchelei kein Gespür, sie nehmen einem Betrüger jedes Wort ab, wenn er dabei nur das Gesicht eines Engels zeigt – wir Einheimischen, deren Länder an den Pazifik grenzen, werden dagegen mit einem Instinkt geboren, der uns vor Falschheit warnt. Wir merken schnell, wenn einer mogelt. Wenn er Teilnahme heuchelt. Oder Engagement für irgendwas.

Zuerst hatte mir das meine Mutter nur beiläufig erzählt, etwa wenn wir über die Herkunft meines Vaters sprachen, der bei den US-Marinefliegern in Korea fiel.

Später habe ich an immer wiederkehrenden Beispielen gemerkt, was an der Sache richtig ist. Und als mich der Herr des neuen Etablissements „Southern Islands" so freudig empfing, sagte mir meine innere Stimme, daß sein Gesicht und sein Getue eine Maske waren. Was sollte sich wohl dahinter verbergen?

Ich erwischte eine ruhige Phase und teilte ihm – ebenfalls mit dem Gesichtsausdruck eines Engels aus jeder beliebigen christlichen Kirche etwa in Macao – mit, ich hätte selbstverständlich als Hongkonger Musikproduzent auch gewisse geschäftliche Absichten in Honolulu. Ob er sie hören wolle?

Er wollte.

„Bevor ich in Einzelheiten gehe, Mister Imai", ließ ich ihn wissen, „sagen Sie mir, was es war, das man über das Vorleben von Miß Lee in Saigon herausgefunden hat und womit man versuchte, sie zu erpressen. Wenn ich das weiß, reden wir über ein echtes Geschäft."

Er war verdattert. Aber das schien nur so, oder er spielte es gekonnt. Ich hatte den Eindruck, als ob meine Frage nicht allzu sehr überraschte.

Nachdem er sich eine Weile geziert hatte, erkundigte er sich leise: „Wie kommen Sie darauf, daß ich das wissen könnte?"

„Sie war Ihr Star", gab ich gezielt forsch zurück. Und dann log ich gleich eine Provokation dazu: „Außerdem hatte ich mit ihr kurz vor ihrem Tode noch ein Gespräch. Ich war bei dieser Vorstellung im ‚Royal Hawaiian', und sie hatte die Freundlichkeit, mit mir vor ihrem Auftritt zu sprechen."

Ich hatte ihn, das merkte ich. Er dachte angestrengt nach. Überlegte, was er tun könnte. Schließlich bat er mich, eine Erörterung dieser Sache noch ein Stündchen zu verschieben, und nachdem ich mich ein bißchen umgesehen hatte, erschien er wieder bei mir und gab die Erklärung ab, die Einrichtung des Etablissements sei von einem der größten Elektronikkonzerne Japans gesponsort worden.

Als ob mich das überraschen könnte! Er blieb an meiner Seite, während ich mir ein paar der japanischen Häppchen mit undefinierbarem Fisch gönnte, machte für mich einen Tank mit Limonade ausfindig, stellte mir tanzwütige Mädchen vor und etwas verloren herumstehende junge Männer, die angeblich große Talente seien. Schließlich ermunterte er mich sogar, mich auf einem Hocker an der Musikbar niederzulassen und mir abwechselnd Francis Lee, Hana Teoro und eine Gruppe anzuhören, die „Spleen and Cheese" hieß und sich auch musikalisch so ähnlich ausdrückte. Bis er dann einem der jungen Männer, die überall herumstanden einen Wink gab, er solle mich in die hinteren Gemächer führen.

Wie es schien, war das die Pause in der Geschäftigkeit des Mister Imai. Er hatte wohl noch andere Gäste.

Ich war nicht hergekommen, um nur Musik zu hören und japanische Fischhappen zu essen, ich wollte Beteiligte aus der Reserve locken, und Imai war einer. Vielleicht gab es ja in den hinteren Gemächern noch mehr davon. So folgte ich dem jungen Mann in dem festen Glauben, jetzt würde sich herausstellen, was es mit dieser Erpressung von Miß Lee auf sich hatte.

Nun bin ich ja schon einige Jahre in meinem Beruf, aber wie sich wieder einmal erwies, lernt selbst ein alter Fuchs immer noch hinzu. Auf die harte Tour, wie in diesem Falle.

Ich war noch nicht ganz durch die Tür, sah schon die um einen Clubtisch gruppierten Sessel, als mich von der Seite her ein Dampfhammer am Kopf traf, so daß die Lichter ausgingen.

Als ich zu mir kam, rang ich nach Luft, atmete aber instinktiv nicht ein: ich befand mich unter Wasser!

Damit nicht genug, konnte ich weder Beine noch Arme bewegen. Der Bediener des Dampfhammers hatte sie gefesselt. Eine ziemlich trostlose Sache, denn etwas zog mich tiefer, es schien an meinen Füßen zu hängen und war schwer.

Das Wasser war trüb. Es gelang mir nicht, etwas zu sehen. In meinem Kopf schien sich Preßluft anzusammeln, es konnte nur noch Sekunden dauern, bis er platzte wie eine Melone, die einer auf dem Markt fallen ließ.

Durch das trübe Wasser vor meinen Augen begannen goldene Kringel zu tanzen. Ob das schon die Opfergaben der Verwandtschaft bei meiner Beerdigung waren?

Solche Sekunden haben es in sich. Man ist gelähmt, nicht nur, weil man gefesselt ist, wie ich es war. Ein Ausweg ist nicht erkennbar, das bringt die Lähmung.

Als ich gerade den Mund öffnen wollte, um den Druck im Kopf etwas zu vermindern, wie ich hoffte, da war an meinen Füßen plötzlich diese Berührung. Ein kurzer Ruck folgte. Dann kam ich mir leichter vor. War alles vorbei? War ich bei den Ahnen?

Der helle Fleck, der vor meinen Augen erschien, sagte mir nicht viel. War dies schon das Jenseits, in dem sich einer meiner Verwandten aus grauer Vorzeit um mich bemühte?

Ich spürte dann nur noch den Griff, mit dem jemand mich packte, und danach wurden die goldenen Kringel kleiner, schienen ferner, bis wie durch einen Ballen Watte die Stimme in mein Bewußtsein drang, die sagte: „Immer weiter Wasser kotzen, das Zeug muß raus!"

Gleichzeitig stieß mir jemand ins Kreuz, und ich merkte, daß ich bäuchlings auf einem Bootssteg lag, der Kopf hing über den Rand. Es war dunkel, aber irgendwo am Ende des Steges brannte eine Laterne. Mein Retter war ein Mann, das schloß ich aus der Stimme. Und ein Einheimischer, der aber ein mit einer hübschen Menge schnoddriger Slangausdrücke gewürztes Englisch sprach, wie mir auffiel.

Ich sah ihn nach etwa einer Viertelstunde, als aus meinem Hals kein Wasser mehr lief und mein Atem langsam begann, sich zu normalisieren. Der Retter drehte mich auf den Rücken, lehnte mich an einen Pfosten und streckte sich daneben aus, wobei er stöhnte: „Junge, das war mehr Arbeit, als einer Haole von zwei Zentnern aufs Brett zu helfen ..."

Ich hatte wieder genug Luft, um mich ein bißchen aufzurichten und den Mann genauer zu betrachten. Ein Typ, wie aus der Sportillustrierten gegriffen. Schlank, braun, sehnig, mit dem Gesicht eines Einheimischen der letzten Generation, die ihr Kraushaar etwas länger trägt als die Krieger, die damals James Cook empfingen. Bekleidet mit einer bunten Badehose. Goldkettchen um den Hals, mit einem Namensplättchen, dessen Inschrift ich leider nicht entziffern konnte. Da waren noch die Kringel.

„Aloha", sagte ich. Es klang, wie wenn man mir Chili in die Luftröhre geblasen hätte.

„Hast doch noch Wasser im Kanal", stellte der Retter fest. „Da würde ein Whisky helfen. Kannst du gehen?"

„Ich konnte schon mit zehn Monaten gehen", versuchte ich einen Scherz. „Hat mir meine Mutter erzählt. War ein frühreifer Bastard."

Er beobachtete aufmerksam, wie ich mich an dem Pfahl hochhangelte.

Als ich stand, stellte er fest: „Du lebst, Bruder. Auferstanden aus der Tiefe. Glückwunsch zum Geburtstag. Was hast du den Kerlen getan, daß sie dich über die Kaimauer geschmissen haben? Zu viel beim Pokern gewonnen?"

Ich begann, mich wieder in der Realität zurechtzufinden.

„Kerle? Über die Kaimauer? Wo sind wir hier?"

„Im Jachthafen. Ala Wai. Du nix kennen? Fremdes Gast aus fernes Land?"

Er hatte in mir den Ausländer erkannt. Machte sich lustig.

„Kannst Klartext mit mir reden, Johnny", machte ich ihn aufmerksam. „Ich bedanke mich für die Rettung. Du wirst unter meinen vielen Erben einen vorderen Platz einnehmen. Wer hat mich ... über die Kaimauer?"

„Willst du Wellenreiten lernen?" fragte er, statt mich aufzuklären. Immerhin sprach er nicht mehr in Touristen-Pidgin.

„Wozu sollte ich? Mir reicht das Wasser, das ich noch im Bauch habe!"

„War bloß eine Frage. Übungsbrett würde geliefert. Stunde zwanzig Dollar. Bei mir. Exklusiv. Der Aloha Beach Service nimmt fünfundzwanzig. Und die Lehrer dort sind lausig."

„Du lehrst Wellenreiten?"

Er nickte. „Ist mein Beruf. Sonst könnte ich nicht Lebensretter spielen. Ich habe drei Jahre hintereinander den Sieg geholt. Willst du nicht lieber dein Jackett ausziehen? Laß Luft an die Flanken, sonst kriegst du von dem nassen Zeug den Husten. Ein Cousin von mir ist daran gestorben ..."

Ich folgte seinem Rat. Stellte fest, daß man mir weder meine Papiere noch mein Geld abgenommen hatte. Bloß daß alles triefnaß war. Wie ich auch.

„Macht nichts", meinte der Surfer, „die nehmen heute für Pässe wasserechte Tinte. Das hat den Nachteil, daß man sie nicht so gut fälschen kann. Aber der Vorteil ist, Wasser schadet ihnen kaum. Und bei den Dollars ist das ähnlich, die kannst du trocknen und wieder ausgeben."

Ich entsann mich an meine gute Erziehung und stellte mich vor. Mit meinem richtigen Namen. Nix Clifford Jones.

Mein Retter erwiderte lässig: „Hallo Toko. Aloha. Ich bin Henry Kalapano. Privatunternehmer in Sachen Surfriding. Dienstag bis Donnerstag."

„Was machst du den Rest der Woche?"

„Warte, bis du meine Freundin siehst. Wir leben auf unserem Boot."

Eine verwandte Seele! Als er hörte, daß ich in Hongkong auf einer Dschunke logierte, bemerkte er dezent, seine Behausung sei ein ziemlich großer Kabinenkreuzer, seegängig, mit guter Küche.

„Kaana kocht wie eine Göttin. Meine große Schwäche. Kaana und ihre Kochkunst." Nach einer Weile fügte er nachdenklich hinzu: „Neben anderen Schwächen. Sie hat nur Stärken. Kochen ist eine davon ..."

„Hast du sie dem Hilton abgeworben?"

Er lachte. Suchte nach einer Zigarette, fand aber in seiner durchnäßten Hose nur losen Tabak und Papierklumpen. „Im Hilton kochen sie wie im Gefängnis, Bruder! Nein, Kaana war eigentlich Hula-Tänzerin, bis sie sich den Knöchel brach. Aus. Kommt von Molokai. Heißt Kaana, weil in dem Kaff der Hula entstand. Kleines Nest am Mauna Loa. War ganz gut, das mit dem Knöchel. Wegen der Versicherung. Und sonst hätte sie nie zu kochen angefangen. Bist du Krimineller?"

„Wo denkst du hin!" protestierte ich. Er zuckte bedauernd die nackten Schultern. „Weshalb schmeissen dich dann die Kerle gefesselt mitten in der Nacht über die Kaimauer?"

„Ich bin Detektiv", klärte ich ihn auf. „Hast du die Kerle gesehen, die mich schmissen?"

„Polizist? Aus Hongkong?"

„Privat!" beruhigte ich ihn. „Auftrag hier. Wieviele waren es denn, die mich da geschmissen haben?"

Er überlegte. „Hat einer allein gemacht. Aber da war noch einer im Auto ... Chrysler ... Großes Ding.

Schwarz. Kamen von der Ala Moana auf die Straße am Kai. Schmissen dich in die Brühe und flitzten wie gescheuchte Affen weiter. Richtung Ilikai-Hotel."

„Und du hast das ganz zufällig beobachtet?"

„Ich warte auf Kaana. Ist in Honolulu, da läuft eine Party. Sie zaubert Häppchen auf Tabletts. Party Service. Sitzt sich doch schön, am Abend am Bootssteg."

„Besser als es sich im Wasser liegt. Deine Kaana ist noch nicht zurück, wie?"

Er hatte eine wasserdichte Uhr am Handgelenk, auf die er jetzt einen Blick warf, worauf er sagte: „Dauert noch. Hast du wirklich nicht falsch gepokert mit den Brüdern da?"

„Deine Kaana macht Party Service?"

Er nickte lachend. „Ist eines der besten Geschäfte hier. In Honolulu laufen jeden Abend ein paar hundert Partys. Kaana Party Service. Bestens bekannt in der Stadt."

Ich wollte wissen, ob er sich an Gesichter erinnerte, aber er hatte die Kerle nur aus ziemlicher Entfernung gesehen, und auch die Autonummer hatte er in der Dunkelheit nicht erkannt.

Ich stellte einige Überlegungen an, während wir beide unsere Kleidung auswrangen. Eigentlich, so fiel mir ein, wäre es gar nicht verkehrt, wenn „die Kerle", wie der Surfer sie nannte, weiterhin annahmen, sie hätten mich ertränkt. Für einen Ermittler kann es eine Riesenchance sein, wenn seine Gegenspieler überzeugt sind, sie haben ihn endgültig ausgeschaltet.

„Nicht falsch gespielt", nahm ich den Gesprächsfaden wieder auf, während ich aus meiner Unterhose das Wasser zu drücken versuchte, indem ich eine Art Seil aus ihr drehte. „Ich bin an einem Verbrechen dran, und man versucht, mich loszuwerden. Hast du jemals von Francis Lee gehört?"

Er überlegte. „Die Sängerin, die ihr letztes Aloha sang?"

„Genau die. Mein Auftrag hängt mit ihrem Tod zusammen. Sie wurde nämlich erpreßt."
„Aha", machte er. „Erpressung ist unanständig."
Ich stimmte ihm zu. Das mit dem Auftrag war nicht einmal eine Lüge, bestenfalls eine leichte Verdrehung.
„Sag mal, Henry Kalapano", versuchte ich es vorsichtig, „könnte ich vielleicht für ein paar Tage auf deinem Boot verschwinden? Es wäre eine Lebensfrage für mich ..."
Nun grinste er. „Ihr Hongkonger seid doch clever! Daß du verschwinden mußt, ist tatsächlich eine Lebensfrage für dich, glaubst du, ich habe das nicht schon gemerkt? Wenn sie dich nächstes Mal in die See schmeißen, bin ich vielleicht nicht in der Nähe!"
Er stand auf und bedeutete mir mit einer Kopfbewegung, ihm zu folgen.
„Zieh das nasse Zeug erst gar nicht mehr an, wir haben es nicht weit."
Ich trabte in der ausgewrungenen Unterhose hinter ihm her. Am Kai waren keine Leute mehr unterwegs, nur Autos brummten, Lichter schaukelten in der sanften Brise, die von See her kam. Ich redete mir ein, daß einer, der zufällig daherkam, wohl meine Unterhose für eine Badehose halten würde. Selbstberuhigung wirkt Wunder.
Eine Stunde später saßen wir bei einem Teller voll Sandwiches, die Kalapanos Freundin für ihn in der Kühlbox hinterlassen hatte, in seiner Kabine, während unsere Kleidung trocknete.
Ich weihte meinen Lebensretter in die Geschichte ein, die vor dem Versuch, mich zu ertränken, abgelaufen war. In Kalapano hatte ich mich, was seine Hilfsbereitschaft anging, nicht getäuscht, er war bereit, mich zu verstecken, um meine Gegenspieler zu täuschen, und er war überhaupt bereit, mir zu helfen, nachdem ich ihm erzählt hatte, um was es eigentlich ging.

Ein Mann, der ein Abenteuer, wie es nach seiner Meinung auf mich zukam, gern miterlebte. Und das nicht zuletzt, weil er die Lieder von Francis Lee kannte, ebenso wie jene von Hana Teoro, die ihm noch besser gefielen.

Wir leerten noch ein paar Büchsen Bier, besprachen einen Schlachtplan, und nachdem wir eine Weile über die Vorteile einer Dschunke als Domizil gegenüber einem Boot wie diesem gesprochen hatten, das nicht ganz so behäbig im Wasser lag, was beim Schlafen lästig war, klapperten Absätze über das Deck, und Kaanas bemerkenswerte Beine erschienen im Niedergang.

Ich hatte inzwischen wieder Hemd und Hose an, und es gelang mir trotz meiner Verblüffung über die hinreißende Schönheit dieser Wahine, als vollendeter Gentlemen mein ‚Aloha' zu murmeln.

Fünftes Kapitel

Am zeitigen Vormittag, während Henry seine ersten drei Damen in den träge anrollenden Wellen vor dem Strand immer wieder auf die Bretter klettern ließ, auch wenn sie es schon bereuten, für die Schinderei, die nur von fern schön aussah, noch Geld ausgegeben zu haben, machte ich stillschweigend meinen Chevy auf dem Hotelparkplatz flott und wartete auf Kaana.

Sie holte meinen Koffer aus dem „Royal" ab und bezahlte meine Rechnung. Wir hatten sie durch einen offiziellen Anruf Leo Tamasakis angemeldet. Ich hatte ihn um die kleine Gefälligkeit gebeten, und er war sofort bereit gewesen, mir bei dem Trick zu helfen, wenngleich er mich, nachdem ich ihm am Telefon erzählt hatte, was inzwischen geschehen war, dringend zur Heimreise ermunterte. Mein Instinkt sagte mir, daß ich in der Suche nach Blair weiterkommen würde, wenn ich nach und nach den Kreis aller derer, die mit seinem Geschäft und seiner Konkurrenz zu tun hatten, gründlich durchquirlte.

Ich hätte etwas dafür gegeben, sehen zu können, wie Kaana, dieses grazile Wesen, an der Rezeption ihre Betroffenheit über mein plötzliches Verschwinden anbrachte. Übrigens war sie nicht nur eine bemerkenswerte Erscheinung, die wohl Lippenstift, Nagellack, Wonderbra und ähnliche Hilfsmittel ausließ – sie verstand es beispielsweise als eine der wenigen mir bekannten Damen, morgens drei Spiegeleier beidseitig so zu braten, daß man schon beim Frühstück das Gefühl hatte, ein Liebling der Götter zu sein.

„Schreckliches Haus!" schimpfte sie, als sie meinen Koffer auf den Rücksitz gepfeffert hatte und neben mir einstieg. „Man hat das Gefühl, überall von Babywäsche umgeben zu sein! Wer sich bloß so was ausdenkt!"

Ich fuhr westwärts, in Richtung Kaimuki. Wir hatten eine Vorgehensweise ausgeheckt, die meine Gegenspieler aus ihren Löchern locken sollte, damit ich weiterkam. Und jetzt war Mister Imai an der Reihe, von dem ich annahm, er könnte eine der Schlüsselfiguren sein – warum hätte er mich harmlosen Mann sonst in seinem Etablissement so lange hinhalten sollen, bis ein paar Kerle da waren, die mich ins Hinterzimmer lockten und mir eine Beule schlugen, die ich jetzt noch spürte? Und warum über die Kaimauer ins Wasser werfen?

Da hatte Mister Imai einen Fehler gemacht, den er vermutlich bald bereuen würde. Ich kann es auf den Tod nicht leiden, wenn mir einer nach dem Leben trachtet, zuerst mit stumpfen Gegenständen und dann mit Salzwasser!

So etwas ruft für gewöhnlich bei mir den Drang hervor, mich angemessen für die aufgewendete Mühe erkenntlich zu zeigen.

Wir rollten durch unendlich erscheinende Villenviertel, in denen für mich die Häuser einander lächerlich ähnlich sahen, weil wohl jeder unbedingt den Glanz des nachbarlichen Grundstücks nachahmen wollte oder übertreffen. Selbst an der Auswahl der Ziersträucher merkte man das noch.

Ich begann, mich nach einem bißchen Unkraut in einem ungebürsteten Vorgarten zu sehnen. Aber dann waren wir plötzlich auf der Pahoa Avenue, und die Sache wurde erträglicher.

Am einzigen Taxistand, den wir weit und breit entdecken konnten, stieg Kaana aus. Wie wir vereinbart hatten, ließ sie sich im Taxi zu Mister Imais Hauptquartier fahren, wo die Firma „Southern Islands" ihren Sitz hatte und ihre Studios lagen. Das Taxi ließ Kaana warten, während ich etwas vorausfuhr und wendete, mich danach am Straßenrand postierte und mir ausmalte, was im Büro von Mister Imai vor sich ging.

Kaana würde sich als eine sehr enge Freundin von Francis Lee bei Mister Imai vorstellen und ihn darüber informieren, daß Francis zu Lebzeiten ihr eine Anzahl Dokumente übergeben habe, mit dem Wunsch, sie nach ihrem Tode zu veröffentlichen. Es ginge darin, so würde sie ihm mitteilen, um die an ihr versuchte Erpressung und alles, was sich darum rankte, auch um den Erpresser selbst, den Francis erkannt haben wollte. Und nein, sie, Kaana, habe die Papiere noch nicht vollständig gelesen. Sie befänden sich in sicherer Verwahrung.

Auf die Frage, weshalb Kaana mit dieser Nachricht zu ihm käme, würde sie Mister Imai mit einem betörenden Lächeln antworten, Francis habe das für den Fall ihres Todes so gewünscht, und der Wunsch ihrer Freundin müsse natürlich erfüllt werden. Und, nochmals, nein, sie habe nicht die Absicht, Herrn Imai ihre Adresse zu hinterlassen. Sie werde sich vielmehr in zwei Tagen wieder bei ihm melden. Bis dahin sollte er sich überlegen, ob er vielleicht doch ein Interesse an der Verhinderung einer Veröffentlichung habe. Sie würde gespannt darauf achten, ob sich in der Bekundung dieses Interesses auch Zahlen fänden ...

Wir hatten richtig getippt. Mister Imai verstand es, nach der Eröffnung, die Kaana ihm machte, schnell in seinem Vorzimmer einen Auftrag zu erteilen, genau, wie wir es erwartet hatten.

Von irgendwoher rollte ein junger Mann auf einer schweren Yamaha an und hielt hinter dem wartenden Taxi. Sein Gesicht war nicht zu erkennen, denn er nahm den Helm mit der dunkel getönten Sichtscheibe nicht ab.

Ich machte mir so meine Gedanken, ob er vielleicht sogar zu den Leuten gehört haben konnte, die mir in der Disco des Herrn Imai in der Lime Street das Licht ausgeknipst und mich anschließend den Fischen vorgeworfen hatten. Aber ich blieb nicht lange ungestört bei meiner Grübelei, denn ich sah Kaana aus dem Studio kommen.

Sie stieg in ihr Taxi, das wendete und in Richtung Waikiki zurückfuhr, wie wir es vereinbart hatten. Und wie ich vermutet hatte, rollte der Yamaha-Fahrer hinterher, um einen gewissen Abstand bemüht.

Wir hatten ausgemacht, daß Kaana bis zum „Sheraton Moana" fahren, dort aussteigen und sich im Fahrstuhl in die Tiefgarage begeben sollte. Der Verfolger sollte denken, daß sie dort wohne. Mister Imai sollte ruhig eine Weile auf dieser Fährte herumschnüffeln, bevor wir ihm den nächsten Trick servierten.

Die Sache klappte glänzend. Ich ließ Kaana ins Hotel gehen und den Motorradfahrer davor parken, dann rollte ich gemächlich in die Tiefgarage, wo schon Kaana wartete. Als wir aus der Garage fuhren und wieder in die Kalakaua einbogen, hatte der Yamaha-Fahrer sich gerade eine Zigarette angezündet. Er wartete.

Nach einiger Zeit würde er an der Rezeption seine

Frage nach der jungen Dame vorbringen und Bedauern ernten. Echtes. Mister Imai würde es sich vermutlich ein paar Dollar kosten lassen, nachzuforschen, wer die seltsame Dame gewesen war. Ohne Erfolg, denn niemand in dem riesigen Hotel hatte eine Ahnung von Kaana.

Was Mister Imai dann anstellte, würde auf jeden Fall ein Zeichen seiner Verunsicherung sein, besonders, wenn die Dame sich nicht, wie versprochen, nach zwei Tagen wieder bei ihm meldete, um in die inzwischen von ihm vorbereitete Falle zu tappen.

Der gute Imai sollte sich vorkommen wie ein Würstchen auf dem Grill, möglichst wie auf dem von Hamburger Charly in Hongkong, dessen Bratemädchen die Dinger meist zu lange auf der Glut ließen!

Henry Kalapano erhob sich träge von seiner Matte, als wir sein Boot betraten. Er streckte sich und begann dann über eine Lady aus den Staaten zu schimpfen, die ihm einen ungedeckten Scheck angedreht hatte, wie er erst nach dem Abflug der Musterschülerin bemerkte.

„Aus dem nächsten Surfbrett, das sie benutzt, soll ein Krokodil werden, das sie in beide Backen kneipt!" Er kam sich außerordentlich grausam vor, als er ihr das wünschte.

Ich hatte schon gehört, daß die Ureinwohner der Inseln ungewöhnlich friedfertig gewesen waren, völlig ungeeignet etwa für den Beruf des Kriegers. Oder für den des Polizisten. Des Steuerfahnders. Sie neigten dazu, bei gegebenem Anlaß so einfältige Drohungen auszustoßen, daß sie einfach von niemandem ernstgenommen wurden. Kalapano lieferte den Beweis dafür.

Ich machte ihn aufmerksam, daß er immer noch in Los Angeles anrufen und bei der Flughafenpolizei Anzeige erstatten könnte, man würde die Dame dann bei ihrer Ankunft auf dem Festland vernehmen. Aber er schüttelte den Kopf, daß die krausen Haare flogen.

„Wie könnte ich einen Mitmenschen anzeigen? Bei der Polizei! Ich hatte mit der blonden Fee meinen Spaß, als ihr eine halbe Meile vor Waikiki der Verschluß des Büstenhalters platzte. Damit allein ist der Surfkursus bezahlt!"

Kaana bemerkte ironisch: „Wenn man unten in Downtown ins ‚Erotic Island' geht, um sich eine Blondine ohne Oberteil anzusehen, kostet das ja auch beinahe doppelt soviel Eintritt wie eine Surfstunde. Wie auch immer", kam es von Kaana an mich gerichtet, „daran erkennt man, daß Henry sich im Zustand fortschreitender Verkommenheit befindet. Ihm gefallen diese dicken Haolen. Ich überlege seit einer Weile schon, weshalb er mich überhaupt auf seine Matte geholt hat!"

„Es war Leidenschaft!" Er blinzelte mich an.

Kaana vermutete: „Oder er hat ein paarmal zu oft hintereinander ‚Aha' Aina' gehört. Das geht aufs Uhrwerk."

„Es war ‚Hoomanawanui', das sie gerade spielten, als ich dich zum ersten Mal sah", behauptete Henry Kalapano mit todernstem Gesicht. „Und mittendrin riß einem eine Saite auf der Uke, und das machte mich so übermütig, daß ich dich neben mir plötzlich in ganz göttlichem Licht sah ... überhaupt", besann er sich auf einen Versuch der Besänftigung, „bist du bereit, deinem verkommenen Haolen-Lehrer und seinem Freund eine Büchse Schwalbennestersuppe aufzuwärmen? Er sieht so chinesisch aus, sicher mag er sowas!"

Ein erbauliches Pärchen, das mich an gelegentliche Verbalgefechte erinnerte, die ich mit meiner Dauerfreundin Pipi in Hongkong austrug.

Um nicht den Anschein zu erwecken, ich sei gegen Schwalbennestersuppe, behauptete ich sogleich, das sei mein Lieblingsessen, was natürlich nicht stimmte, weil mein Geschmack so sehr chinesisch gar nicht mehr ist.

Aber das spielte jetzt keine Rolle. Mir war eingefallen, daß Wes Blair der Besitzer einer hochseetüchtigen Jacht war, und ich erkundigte mich, während Kaana auf die Suche nach der Suppendose ging, ob das Fahrzeug vielleicht in der Nähe liege, was ich für wahrscheinlich hielt.

„Die Laureen?" Kalapano zog sich ein knallbuntes Hemd über die braune Haut. Mit dem Kopf deutete er leicht seitwärts.

„Willst du da hin?"

„Nach der Nestersuppe", entschied ich, „wenn Kaana wieder mit uns versöhnt ist. Vor allem mit dir!"

Er grinste und sagte: „Das ist der Alltag, Bruder!"

Die „Laureen" war durchsucht worden. Das fiel uns beiden auf, als wir unter Deck kamen. Da gab es außer einem eleganten Salon Einzelkabinen, Doppelkabinen, einen Spielraum, Quartiere für Stewards und Fahrpersonal, eine geradezu fürstlich ausgestatteete Kombüse, die man schon hätte Luxusküche nennen können, trotz der halb verfaulten Reste im Kühlschrank, es gab Bad, Duschen und Toiletten, die das, was ich zu Hause auf meiner Dschunke benutzte, wie öffentliche Abtritte auf Celebes-Nord erscheinen ließen.

Überall allerdings Unordnung. Bettzeug und Einbauschränke waren durchwühlt, in der Kombüse lagen Töpfe und anderes Geschirr auf dem Boden herum, und im Ruderhaus, von wo man einen hervorragenden Ausblick über weite Teile des Jachthafens von Ala Wai hatte, waren Seekarten durcheinandergeworfen, Klappschränke erbrochen, und bei einem Mini-Safe war die Tür mit Gewalt geöffnet worden.

„Diese Polizisten ...", begann Kalapano zu schimpfen, aber ich bremste ihn: „Das war nicht die Polizei. Die würde nie eine solche Menge Schadensersatz riskieren. Das waren andere Leute."

„Ich hätte sie von meinem Boot aus sehen können", überlegte Kalapano. „Aber ich habe ja nicht geahnt, was da vorging. Wenn man jeden beobachten will, der hier die Stege entlanggeht und auf ein Boot klettert, müßte man den ganzen Tag den Spanner spielen. Sehe ich wie ein Spanner aus?"

„Nein." Ich dachte darüber nach, was das zu bedeuten hatte: weder Laureen noch Detective Tamasaki hatten eine Durchsuchung des Kabinenkreuzers erwähnt. Es würde schwer sein, herauszufinden, wer hier gewütet hatte. Aber die Frage ließ sich vielleicht am besten beantworten, wenn man die Interessenlage abklopfte. Wer konnte denn vermuten, daß Wes Blair in seinem Wasserfahrzeug etwas verborgen hatte, das für ihn von Bedeutung war? Und vor allem: was konnte das sein?

Kalapano hatte keine Ahnung. Er hatte Wesley Blair und dessen Frau zwar gelegentlich gesehen, nur hatte er nie persönlich mit ihnen zu tun gehabt. Die beiden pflegten nicht zu surfen.

Ich überlegte, Laureen anzurufen und zu fragen, ob sie einen Hinweis hätte, aber ich schob das auf, denn Henry Kalapano, der sich inzwischen an Deck herumtrieb und dort nach möglichen Spuren Ausschau hielt, die die Durchsucher hinterlassen haben könnten, kam zu mir ins Ruderhaus geschlendert und bemerkte beiläufig: „Seltsam, daß er den Schleppanker runterläßt, wenn er am Steg vertäut liegt ..."

Das leuchtete mir ein. Ich hatte bei meiner Dschunke in Aberdeen dauernd den Schleppanker draußen, und das war nötig, denn im tiefen Wasser der Bucht, da wo ich lag, war kein Steg. Aber hier? Eine Dschunke ist zwar etwas anderes als ein moderner Kabinenkreuzer, sie ist schwerfälliger, liegt auch behäbiger im Wasser, aber die Gesetze der Seefahrt sind nicht so unterschiedlich, daß man als Halter einer Dschunke nicht begreifen kann, wann ein Schleppanker gebraucht wird oder nicht. Deshalb fand ich Kalapanos Beobachtung sogleich interessant.

„Holen wir ihn ein", schlug ich kurzerhand vor. Mir war ein Verdacht gekommen. Bei einem Banküberfall in Hongkong hatte die Polizei, zu der ich damals noch gehörte, die Täter bis auf ein in einer Bucht vor Anker liegendes Wasserfahrzeug verfolgt. Hier aber zeigten sie sozusagen leere Hände vor: wir haben keine Ahnung. Bloß daß einer von unserer Truppe auf Verdacht den Anker lichten ließ. Und da war der Plastesack mit den Banknoten ...

Mein Verdacht bestätigte sich prompt, als wir den Schleppanker der „Laureen" oben hatten. Ganz unten an der Kette war, neben der Öse des Ankers, einer dieser wasserdichten Behälter befestigt, wie man sie stets an Bord von Seefahrzeugen mitführt, vornehmlich um wichtige Dinge trocken zu halten, falls das Schiff mal Wasser nimmt.

Kalapano bastelte daran herum, bis er das Ding schließlich freibekam. Es war leicht zu öffnen. Ich sah Papier, beschrieben, bedruckt, auch Fotos. Ich sah zwar keine einzige Banknote, dafür aber eine in die Linse lächelnde Francis Lee.

„Du bleibst an Deck!" forderte ich Kalapano auf. „Such dir ein Stück Holz, das sich zum Zuschlagen eignet. Wenn jemand an Bord will, verteilst du Zärtlichkeiten."

Er lachte. Ich glaube, Henry Kalapano würde noch lachen, wenn ihm jemand sagte, sein Boot sei gesunken.

Im Ruderhaus faltete ich die Papiere auseinander und besah sie genauer.

Da gab es außer ein paar alten Zeitungsausschnitten, die aus südvietnamesischen Zeitungen aus der Kriegszeit stammten, mit Bildern einer singenden Francis Lee, noch eine Menge Blätter, auf denen in englischer Sprache Aufzeichnungen festgehalten waren, die sich wie Interviews ausnahmen.

Wie ich beim Lesen feststellte, beschäftigten sie sich allesamt mit dem Vorleben der Sängerin.

Bis auf wenige waren sie mit der Schreibmaschine getippt und von Vietnamesen unterschrieben. Eine Art Protokolle. Jemand hatte sich da eine Menge Arbeit gemacht, um über die singende Frau aus Saigon alles nur mögliche herauszufinden und zusammenzutragen.

Als ich mit der Lektüre einigermaßen durch war, hatte ich eine Unmenge biografisches Wissen im Kopf, allerdings war mir längst nicht klar, was das alles bedeuten sollte. Wen konnte es rühren, daß eine Sängerin, bevor sie das wurde, was sie jetzt war, ihr Geld auf weniger noble Art verdient hatte? Noch dazu in einem Krieg, der ohnehin alle Gesetze der Anständigkeit und des Wohlverhaltens auf den Kopf stellt, in dem es nur noch gilt, zu überleben!

Offenbar gehörten die Aufzeichnungen Wes Blair. Wie er sie beschafft hatte, war unklar. Und warum? Die Lee war schließlich bei Imai unter Vertrag. War es Blair gewesen, der sie erpreßte, um sie für seinen Musikvertrieb ausbeuten zu können? Hatte Imai davon gewußt? Und wenn – warum hatte er mir dann, als ich nach dem Grund für die Erpressung an der Lee fragte, nicht gesagt, daß Wes der Erpresser gewesen war? Warum hatte er mich statt dessen ersäufen wollen?

„Einiges ist mir jetzt unklarer als vor dem Fund", gestand ich Henry Kalapano, als er im Ruderhaus auftauchte, um sich zu erkundigen, ob ich noch lange auf dem Schiff bleiben wollte. Übrigens sei weit und breit niemand zu sehen, den er mit Hilfe eines Knüppels etwa vom Betreten der Jacht abhalten müßte.

Er nahm sich die Dokumente vor. Sein Urteil über diesen Fund stand fest. Jemand hatte den Behälter an der Ankerkette festgemacht, um den Inhalt gegen fremden Zugriff zu sichern. Er blätterte die Papiere durch und schüttelte verständnislos den Kopf. Einem Mann wie Kalapano sagten ein paar schriftliche Aussagen über den angeblich leichtfertigen Lebenswandel eines Mädchens nicht viel.

Ich erklärte ihm den Zusammenhang, soweit ich ihn selbst begriff. Immerhin war ich ihm das schuldig, denn er hatte sich, abgesehen davon, daß ich ihm mein Leben verdankte, als Helfer erwiesen, ohne den ich die Dokumente vermutlich nicht gefunden hätte. Also vermittelte ich ihm die Story von Francis Lee, soweit sie aus den Aufzeichnungen verschiedener Leute erkennbar wurde, die sich da über sie ausgelassen hatten.

Es war nicht einmal eine besondere Geschichte, wenn man die Verhältnisse in Vietnam in den Jahren des Krieges berücksichtigte. Außerdem hatte mir Laureen Blair bereits eine Menge darüber sagen können, ohne von den Papieren zu wissen. Henry Kalapano war nur unwesentlich berührt, als ich ihm jetzt den Inhalt der Dokumente darlegte:

Als der Krieg in Saigon endete, war Francis Lee neunzehn Jahre alt. Ihr Vater war einer der ersten amerikanischen Berater gewesen, die nach dem Abzug der Franzosen in die Hauptstadt des Südteils gekommen waren, und die die Aufgabe hatten, eine weitere Ausbreitung des im Norden etablierten Regimes nach dem Süden zu vereiteln.

Die Mutter des Mädchens stammte aus einer chinesischen Händlerfamilie in Cholon. Das Kind wuchs im Saigon der Vorkriegszeit auf. Nach der Schule ließ sie ihre Eltern in dem Glauben, sie besuche ein College und wohne im Internat. Dabei servierte sie in einem Etablissement in der Tu Do, die unter den

Franzosen noch Rue Catinat geheißen hatte und das gewesen war, was man die „sündige Meile" Saigons nannte.

Sie servierte keine Getränke, sondern Liebe. Meist jedenfalls. Und vornehmlich für die nun in immer größerer Zahl in Saigon eintreffenden Amerikaner. Das war zu Beginn der siebziger Jahre. Der Krieg ging seinem Höhepunkt zu, und die Krieger aus Übersee suchten, wie überall, wo es nach Schießpulver und Leichen stinkt, ein bißchen Zuneigung, selbst wenn sie sie bezahlen mußten und sie nur für jeweils ein paar Stunden anhielt.

Später wurde Miß Lee eine der Liebesdienerinnen der Madame Xuan, die einen berühmten Salon von der etwas feineren Sorte betrieb. Der gemeine GI verkehrte für gewöhnlich dort nicht. Und Miß Lee begann, neben ihrer eigentlichen Tätigkeit zu singen, denn sie hatte eine der Stimmen, die abends in einer Bar aufhorchen lassen.

Ihre Mutter hatte sich inzwischen von ihr abgewendet, als ihr die Wahrheit wenig taktvoll hinterbracht wurde. Sie verließ Cholon um die Zeit, als ihre Tochter mit ihrer Stimme in der ganzen Stadt berühmt wurde. Man sprach von ihr. Und man bezeichnete sie in einschlägigen Kreisen als Künstlerin. Francis Lee bewohnte bald ein eigenes Appartement, das ihr, wie jemand in einem der Dokumente behauptete, ihr Vater eingerichtet hatte, den sie an ihren Geschäften beteiligte. In einem der großen Tanzpaläste in der Tu Do hatte sie ihre größten Erfolge etwa um die Zeit, als den Amerikanern dämmerte, daß der Krieg längst verloren war und es nur noch galt, einigermaßen ehrenhaft aus dem Schlamassel herauszukommen. Es wurde um Waffenstillstand verhandelt.

Francis Lees Vater war inzwischen bei einem Überfall ums Leben gekommen, aber für ihn fand sich Ersatz. Es heißt, jeden Abend versammelte sich eine stattliche Anzahl ihrer Verehrer, auch Freier der Sonderklasse, die tagsüber mit ihr zusammen gewesen waren, um ihrem Gesang zu lauschen. Ein Japaner übernahm es schließlich, sie zu managen. Er soll ebenfalls einer ihrer Liebhaber gewesen sein. Und er besorgte vor dem Fall Saigons die Visa, mit denen sie beide sich komplikationslos in Honolulu niederlassen konnten, nach einem Zwischenaufenthalt in Guam. Der Japaner hieß Imai ...

Kalapano hatte interessiert zugehört. Jetzt erkundigte er sich zweifelnd: „Und dieser Imai, glaubst du, erpreßte sie?"

„Ich glaube nicht, daß es Imai war."

„Blair?" Er deutete auf die Papiere. „Warum hätte er das Zeug sonst so gut verwahren sollen?"

Die Vermutung lag nahe. Wenn sie sich bewahrheitete, steckte ich in dem charakteristischen Dilemma des Ermittlers, der erkennen muß, daß es sein eigener Auftraggeber ist, der Dreck am Stecken hat.

Einige der Fäden waren ans Licht gekommen. Aber es waren bei genauem Hinsehen nur lose Enden. Sie paßten nicht zusammen. Fest stand lediglich, daß beide Musikproduzenten diese Sängerin inzwischen so gut kannten wie niemand in Honolulu sonst. Wie niemand wohl überhaupt, der ihre Lieder gern hörte.

„Gehen wir", schlug ich vor. Es war Zeit, Laureen noch einmal zu befragen, und vielleicht auch Detective Tamasaki. Zuerst Laureen.

Ich sah am Kai eines dieser mit einer Plexiglashaube abgedeckten Telefone und rief sie von da aus an. Sie erschrak, als sie von meinem Mißgeschick erfuhr, und mir kam das Erschrecken über mein unfreiwilliges Bad echt vor.

Ich beruhigte sie, man hätte mich gerade noch gerettet, eine Wahine hätte meine Kleidung bereits wieder gebügelt, und sonst sei mir nichts weiter passiert. Nur daß ich aus dem Hotel ausgezogen war, das sie so liebevoll für mich ausgesucht hatte. Sie verstand, daß ich mir einen verschwiegenen Aufenthaltsort gesucht hatte, obgleich ich ihr nicht verriet, wo ich war.

Ich bestellte sie in den Surf Room, wo wir nach meiner Ankunft gesessen hatten, und als ich mich dann mit ihr gemeinsam über eines der Fischgerichte hermachte, die hier auf Platten in der Größe eines Managerschreibtisches serviert wurden, klärte ich sie zuerst darüber auf, daß Leute mich für Mister Clifford Jones von der „Hongkong Records" hielten, und daß ich im übrigen am Boden des Pazifik läge, tot, weil ich von Herrn Imai zu erfahren versucht hatte, womit irgendwer Francis Lee erpreßt haben konnte, wie sie in ihrer letzten, traurigen Botschaft vor dem Abschieds-Aloha mitgeteilt hatte. Und daß mir, seitdem mich Mister Imai in die hinteren Räume seines neuen Etablissements gebeten hatte, infolge Bergrutsches auf meinen Kopf ein Stück Film darüber fehlte, was dort eigentlich mit mir vorgegangen war.

Laureen ließ ihren Fisch kalt werden und blätterte die Papiere durch, die Kalapano und ich an der Ankerkette der Jacht gefunden hatten. Langsam las sie immer wieder einzelne Passagen, bis sie schließlich sagte: „Ich glaube, ich habe vergessen, etwas zu erwähnen, als wir über Saigon sprachen, Toko, und darüber, daß Wes diese Sängerin engagieren wollte ..."

„Noch mehr Skandal?" erkundigte ich mich in Erwartung, Einzelheiten über das Geschäftsgebahren der Dame zu hören, die ich immer noch für eine der besseren Sängerinnen im heutigen Show-Geschäft hielt – käuflich vielleicht in ihrer Jugend, nun gut, meinetwegen konnte sie auch buddhistische Nonne gewesen sein, bei der Stimme war mir das egal ...

Laureen sagte: „Nein, kein Skandal mehr. Ich habe versäumt zu erwähnen, daß Wes in Saigon gewesen ist. Er sprach von Geschäften. Ich habe der Sache eigentlich nicht viel Bedeutung beigemessen, Wes verreiste ja nicht zum ersten Mal in Geschäften. Du mußt wissen, er legte mir nicht unbedingt alles dar, was er für die Firma unternahm. Aber jetzt, nach Lektüre dieser Blätter, die er wohl beschafft hat, scheint mir nötig, das zu erwähnen ..."

Ich aß erst noch ein paar Happen von dem Fisch und verdrängte den Gedanken, daß das harmlose Tier, das da gebraten und in süßsaurer Soße vor uns auf dem Tisch lag, leicht an mir hätte knabbern können, wenn da nicht Henry Kalapano nach mir getaucht wäre.

Übrigens war die Soße das beste an dem Gericht, sie bestand aus Zutaten, die ich zwar von zu Hause kannte, wie Ingwer, Chili, Salbei und einer Reihe anderer Gewürze, aber die Komposition war anders als bei uns üblich. Es schien, daß chinesische Küche doch nicht die einzige auf der Welt war, die Spaß machte. Wenngleich ich selbst sie in ihrer primitivsten Form immer noch dem vorzog, was in anderen Gegenden, die ich kannte, so gegessen wurde. „Wes könnte sie sogar früher in der Tu Do singen gehört haben", ließ ich beiläufig in das Gespräch tropfen. Warum sollte ich nicht ein bißchen mit dem Messer an dem Kalk kratzen, unter dem ich Gold vermutete! Doch Laureen schüttelte den Kopf.

„Wes war nicht in Saigon, während Francis Lee dort lebte. Er flog vor zwei Monaten etwa zum ersten Mal dorthin. Kannte es vorher nicht. Blieb etwas länger als eine Woche. Als er zurückkam, sagte er, er habe dort sehr aufgeschlossene Leute getroffen, die gar nicht mehr böse auf jeden beliebigen Amerikaner sind ..."

„Also hat Wes diese Aussagen eingesammelt?"

Ich sagte der vorbeigehenden Kellnerin, wie gut der Fisch schmeckte, um Laureen Zeit zu lassen. Nachdem sich die Kellnerin für meine Aufmerksamkeit bedankt hatte und weitergegangen war, nickte

Laureeen, die Gefährtin meiner Hongkonger Sandkastenzeit, und fügte an: „Ich bin sicher, daß Wes wegen dieser Sängerin in Saigon war."

„Aber – ich dachte, er wollte die Lee selbst engagieren? Sie Imai sozusagen wegnehmen. Wo liegt da der Sinn, all den Schmutz auszugraben, mit dem er sie hätte erpressen können? Es ergibt für mich keinen Sinn! Seine zukünftige Top-Sängerin erpreßt man doch nicht? Oder?"

Sie bewegte hilflos die Schultern. Ich begann mir darüber Gedanken zu machen, ob ich nicht irgend etwas übersehen hatte. Irgendeine Kleinigkeit, die nur scheinbar belanglos war. Es gab zu viele Fragen, auf die ich keine Antwort wußte. Ich konnte mir nicht einmal vorstellen, warum Mister Imai mich ertränken lassen wollte. Denn ich hatte ja mit der Vergangenheit der Lee nichts zu tun!

Laureen nahm bekümmert einen Schluck von dem hellen Wein zu sich, der vermutlich aus Kalifornien stammte. Ich hatte mich entschlossen, und zwar nach der ersten Probe, ihn höflich stehenzulassen, zumal ich ohnehin immer, wenn ich Wein trank, Kopfschmerzen bekam. Pipi pflegt mich gelegentlich damit aufzuziehen. Entweder erklärt sie, aus mir würde nie ein feiner Mann mit dem Geschmack der Welt werden. Oder sie meint einfach, das Alter kündige sich an.

„Wo erreiche ich dich, wenn es nötig ist?" wollte Laureen wissen.

Aber ich konnte ihr keine Telefonnummer geben, weil Kalapanos Boot nicht angeschlossen war. So einigten wir uns darauf, daß ich mich in gewissen Abständen bei ihr melden würde.

Immerhin wollte ich mich morgen mittag mit Hana Teoro treffen, und ich hatte den Verdacht, daß sie mehr über Wes Blair sagen konnte, als daß er ihre Songs vermarktete.

Sechstes Kapitel

„Aufstehen, du landesfremder Untermieter!" So weckte mich morgens die Stimme Kaanas. Ich lag in dem bequemen Schlafbunker, der an die Wohnkabine grenzte, und eigentlich hätte ich noch um einiges in den Vormittag hineinschlafen wollen.
Aber Kaana wischte mir eine Zeitung um die Ohren und schärfte mir ein: „Gleich lesen, sagt Henry. Er surft schon ..."
„Er surft?" brachte ich heraus.
„Ja. Irgendwo am Strand bei Koko Head. Mit zwei Schwulen."

Ich murmelte, noch etwas schläfrig: „Was machst du, wenn er konvertiert?" Als Antwort warf sie mir das Blatt endgültig auf die Nase und verschwand mit der Bemerkung, sie müsse in ihr Buffet. Am späten Vormittag habe sie eine Menge kleiner Häppchen und sogar Frühlingsrollen an eine Gesellschaf zu liefern, die im Park am Haus eines Besitzers von siebenunddreißig Kinos die Taufe des ersten Enkels feierte.

Ich hoffte im Interesse des Geschäfts, das Kaana betrieb, daß dem Mann noch eine zweistellige Zahl weiterer Enkel beschert würde. Dann rieb ich mir die Augen. Guckte in den Advertiser.

Gleich auf der Titelseite wurde ich belehrt, daß der Chef der weltbekannten Tonträgerfirma „Southern Islands" ein Exklusivinterview gegeben hatte. In Sachen seiner verschiedenen Starsängerin Francis Lee.

Der Text erinnerte mich an das alte Sprüchlein der Kung-Fu-Mönche aus Shaolin: „Zerstöre alle Pläne deiner Feinde, dich zu besiegen, indem du sie zuerst angreifst."

Frage: Warum und wer?

Antwort: Miß Lee hat als junges Mädchen im kriegsgeschüttelten Saigon nicht nach den heutigen Regeln leben können. Nicht wie eine achtbare Dame heute eben zu leben pflegt, in unserer friedlichen Gesellschaft mit ihren vielen traditionell geprägten Normen. Ein Krieg setzt die außer Kraft. So sei das auch damals gewesen. Aber es gäbe da einen skrupellosen Verbrecher, der sie heute, nachdem das alles vorbei sei, durch die gezielte Verbreitung von Lügen über jene Zeit zu Dingen zwingen wollte, die sie nicht habe tun mögen. Wahrscheinlich stamme der betreffende Schurke sogar auch aus der Musikverlegerbranche.

„Ich habe", so erklärte Imai, „Miß Lee persönlich Mut zugesprochen, aber – wie sich erwies – hatte ich keinen Erfolg. Miß Lees Tod ist ein großer Verlust – blablabla – und ihre Verehrer werden ihre Lieder niemals – blablabla ..."

Es gelang mir schließlich, mich aufzuraffen, unter der Dusche einigermaßen munter zu werden und mich mit Hilfe meiner Kleidung in ein vorzeigbares Exemplar der Gattung Mensch zu verwandeln.

Bei den Donuts, die Kaana für mich gebacken hatte, streng nach dem amerikanischen Rezept, wie es sich für eine Bürgerin des fünfzigsten Bundesstaates gehörte, und bei einem Topf angenehm bitterem Kaffee, von dem ich annahm, der könnte aus indischem Import stammen, überlegte ich, was Mister

Imai mit diesem als Nachruf getarnten Sprung nach vorn wohl alles bezweckte.

Keine Frage, Kaanas Angebot hatte ihn aufgeschreckt. Er rechnete mit einer Teufelei, wußte aber nicht genau, wie sie aussehen würde. Nun baute er vor für den Fall, daß Kaana mit den angekündigten Papieren nicht mehr erschien oder er sich nicht mit ihr einigen könnte. Wollte er inzwischen Mitleid mit der Lee erwecken? Verständnis für Verfehlungen, von denen man nichts genaues erfuhr, und die dann später, wenn sie publiziert wurden, niemanden mehr vom Stuhl reißen sollten, weil man schon zu lange auf sie vorbereitet war? Wollte er Rochus auf den Erpresser wecken? Sicher. Wobei er geschickt ausschloß, daß natürlich auch er selbst es gewesen sein könnte. Er verwies auch nicht ohne Absicht auf die vermutliche Herkunft des Erpressers aus der Musikbranche. Da gab es außer ihm hier vor allem noch Wesley Blair. Hatte ihn gegeben, wie es aussah. Und wenn Imai selbst die Flucht in die Öffentlichkeit antrat, so hieß das, es blieb nur noch Blair übrig.

Ich vertiefte mich in mein Frühstück, wobei ich mich erinnerte, daß mir bis zu dem Treffen mit Hana Teoro ja nur noch drei Stunden blieben.

Sie konnte nicht vermuten, daß ich heimlich ihre Wohnung durchsucht hatte, dafür war ich zu vorsichtig verfahren. Infolgedessen konnte sie auch nicht ahnen, daß ich von jenem Brief wußte, der an sie gerichtet war und sie in ausgeschnittenen Zeitungslettern aufforderte: FINGER WEG; ODER WIR PACKEN ZU!

Was war denn nun wirklich an Skandalen über sie auszupacken, nachdem irgend jemand schon die Lee an der Gurgel hatte? Ob ich sie danach fragte? Oder danach, weshalb sie in ihrem Adreßbuch die Privatanschrift von Fred Osborn verzeichnet hatte? Das war schon eigenartig, denn sie konnte ihn, wenn es sich bei ihnen nur um eine geschäftliche Verbindung handelte, besser bei „Aloha Records" erreichen ...

Ich ließ der Sicherheit halber nochmals das Tonband in dem kleinen Recorder ablaufen. Ja, da war die Adresse des Geschäftsführers. Paddington 87.

An Land rief ich Leo Tamasaki an, der mir mürrisch mitteilte, es gäbe im Grunde keine Veranlassung, in der Sache Lee weiter zu ermitteln, jedenfalls nicht für die Polizei. Der Selbstmord sei sozusagen vor hundert Leuten erfolgt und könnte von ihnen bezeugt werden. Die von Francis Lee vor dem Schuß ausgesprochene Beschuldigung an Unbekannt, sie werde erpreßt, habe im Zusammenhang mit ihrem Selbstmord eben nur marginale Bedeutung.

Ich fragte ihn, wie die Sitten bei der Polizei in Honolulu wären. Ob es nicht üblich sei, wenn jemand öffentlich verlautbart, er kenne möglicherweise den Erpresser einer Dame, die sich vor hundert Zeugen umbrachte, denjenigen wenigstens offiziell zu befragen. Da wollte er nähere Einzelheiten.

Als ich ihn auf die Titelseite des „Advertiser" hinwies, lachte er nur und belehrte mich nachsichtig: „Ich weiß nicht, was ihr in Hongkong euren Zeitungen glaubt. Wir glauben den unsrigen nicht mal den Wetterbericht. Honolulus Garbanzojournalisten sind nicht das Papier wert, das sie auf der Toilette benutzen ... Kommen Sie denn bei der Suche nach dem Verschwundenen weiter, oder gibt es da Schwierigkeiten?"

Ich gestand ihm, daß er ja mit den Zeitungen recht hatte, und fügte an: „Ich versuche eben, bei Ihnen einen Hinweis abzustauben, weil ich in der Sache Schwierigkeiten habe. Das müssen Sie bitte verstehen. Mir scheint, ich habe bei den Nachforschungen nach Blair etwas übersehen ..."

„Aber Sie kommen nicht dahinter, was es war. Das hat man in unserem Beruf öfters", meinte er. „Trösten

Sie sich, Sie sind ja nicht mehr der Ermittler, sondern der Musikproduzent Clifford Jones!"

Ich wollte mir den Spott eigentlich verbitten. Aber dann sagte ich mir, es sei vielleicht besser, sich mit der Polizei gut zu stellen in einem fremden Land. Also gab ich einen Laut von mir, den Tamasaki offenbar für ein Lachen hielt, und sogleich wollte er wissen: „Sind Sie sicher, daß es wirklich Absicht war, Sie im Meer zu ersäufen?"

„Da bin ich mir absolut sicher."

„Haben sich da nicht vielleicht bloß ein paar besoffene Strolche einen Spaß erlauben wollen?"

„Gefährlicher Spaß."

„Nun ja, Amerikaner lieben manchmal derbe Späße ..."

Ich fand das keiner Antwort wert. Deshalb dankte ich ihm förmlich für das Gespräch, ließ ihn merken, daß ich nicht über sein Entgegenkommen jubelte, mich aber auch nicht mit ihm anlegen wollte. Er ließ gönnerhaft durchblicken, daß er jederzeit für mich zu sprechen sei. Klang da doch ein wenig Kollegialität durch? Vielleicht.

Ich hatte noch Zeit, also setzte ich mich zu einem Spaziergang den Strand entlang in Bewegung, obwohl ich alles andere als ein Spaziergänger bin.

Ich schlenderte in Richtung auf die um diese Zeit nicht ganz so überlaufene Gegend von Kahanamoki, und schließlich pausierte ich auf einer Bank unter einem dieser Binsendächer, die vor plötzlichem Regen schützen sollen.

Während ich ein paar dickbäuchigen Herren zusah, die ihre Gattinnen mit Öl einrieben, als sollten sie gegrillt werden, überlegte ich. Selten hatten mich bei einem Auftrag so viele unterschiedliche Anhaltspunkte so unsicher gemacht wie hier. Nichts war greifbar. Nichts schien schlüssig zu sein. Nichts paßte zusammen. Dazu mußte ich noch fürchten, daß jemand mich erkannte, weil es dann sein konnte, daß ich wiederum im Pazifik landete. Und es war nicht sicher, daß es einen Henry Kalapano gab, der mich herausholte.

Wußte die Gegenseite, von der ich nur die Gewißheit hatte, daß Mister Imai dazu gehörte, daß ich auf der richtigen Spur war? Hatte das den Grund geliefert, mich über die Kaimauer zu werfen? Sie konnten es nur vermuten, und wenn ja, war die Vermutung sehr abenteuerlich, um nicht zu sagen falsch. Denn ich war streng genommen noch auf gar keiner Spur! Ich tappte im dunkeln. Und dann, wer war überhaupt – abgesehen von diesem Imai – die Gegenseite?

Hatte ich mich überschätzt, als ich hierher kam, um Laureens Auftrag zu übernehmen? Es war die eine Sache, in Hongkong, wo ich nahezu jeden Ganoven kannte, jeden einschlägigen Trick, zu ermitteln. Es war eine andere Sache, hier zu arbeiten, wo ich ein Fremder war, ohne genaue Ortskenntnisse, ohne Verbindungen, ohne Zugang zu Leuten, die mir einen Tip geben konnten, und mit einem Polizisten im Rücken, dem es, wie ich vermutete, absolut gleichgültig war, womit ich mich beschäftigte, wenn ich ihm nur seine Ruhe ließ. Oder täuschte ich mich da?

Auf fremdem Boden war ein Detektiv wohl doch nur halb soviel wert wie zu Hause, das war in jedem Falle die Erkenntnis, die mir zu schaffen machte. Um mich herum summte das Strandleben, wie ich es auch von Hongkong her kannte. Aber es roch anders, vorausgesetzt, ich bildete mir das nicht nur ein. Der Geruch Chinas fehlte. Dieses Gemisch von Duft und Gestank. Ich vermißte es hier, wo nicht nur das Sonnenöl eine Wohltat für die Nase war, auch die Blumen schienen anders zu riechen, die Menschen sowieso, und was da in der Luft an Salz und Tang erinnerte, kam mir vor wie in einer Filiale von McDonalds gefertigt – es hielt keinen Vergleich mit der Atmosphäre aus, wie man sie etwa bei uns zu Hause am Strand von Cheung Chau schnuppern kann, im Sand oberhalb des Dschunkenhafens, wenn das Mittelherbstfest gefeiert wird, wenn der Vollmond wie ein reifer Kürbis am Nachthimmel hängt und sich der mit Weihrauchstäbchen gespickte Feuerdrachen an den staunenden Menschen vorbeiwindet ...

Ich saß bereits eine Stunde im „Surf Room", bei mehreren Tropenbieren, von denen es hier ebensoviele Sorten gab wie in Hongkong, die ich aber nur trank, weil ich keine gelbe Limonade auftreiben konnte und die Kellnerin jeden, der ganz trocken herumsaß, mit mitleidigem Blick musterte. Ich fürchtete, sie würde mir einen Dollar schenken, wenn ich nichts kaufte.

Ereignet hatte sich bisher nichts. Nach einer weiteren Stunde, in der ich Heineckens, Carlsberg und Tuborg konsumierte, alles Sorten, um die ich zu Hause einen Bogen schlug, dämmerte mir, daß die Dame mich wohl zu versetzen beabsichtigte, wie der gebildete Herr das ausdrückt, und wie man es bei Damen ja öfters hat, egal wie man es nennt.

Ich griff auf meinen erprobten Trick mit dem blauen Arbeitsanzug für Schnellreparaturen zurück, den ich mir von der „Laureen" holte, und dann rollte ich gemächlich in meinem Chevy, obwohl der nicht so ganz zu einem Monteur paßte, auf den Parkplatz des Moana Towers.

Der Eingang lag im Schatten, und deshalb stand er angelweit offen, es wurde wohl gerade wieder einmal gelüftet, was bei diesen Burgen so wichtig ist wie bei einer Toilette im Tanzpalast von Wanchai. Also probierte ich erst einmal, Miß Teoro per Telefon aus der Halle zu erreichen, und als das erfolglos blieb, fuhr ich nach oben und erlebte auf mein Klingeln wieder das Schweigen, das ich schon von meinem ersten Besuch kannte. Also griff ich in die Arbeitstasche, die ich nicht lediglich zu Dekorationszwecken umgehängt hatte, und mein kleiner ungesetzlicher Helfer öffnete mir schließlich mühelos die Tür des Appartements.

Alles war wie bei meinem ersten Besuch. Sand Island war heute klarer zu sehen, das lag am Wetter. Auch über der Koolau-Kette regnete es noch nicht. Man hätte dieses höchste Appartement, das sich so stolz Penthouse nannte, allein wegen der Fernsicht mieten können. Sie ersetzte eine ganze Anzahl mittelmäßiger TV-Programme.

Verändert schien nichts zu sein. Aber es war jemand hier gewesen, das erkannte ich. Unweit des Eingangs stand eine vollgepackte Reisetasche. Ein Blick in das Durcheinander von benutzter Nylonunterwäsche und Flatterkleidchen belehrte mich, daß es das Reisegepäck einer Dame war – Hana Teoro, mit hoher Gewißheit.

Sie war also zu Hause gewesen. Wieder gegangen und nicht im „Surf Room" angekommen. War sie überhaupt dorthin aufgebrochen?

Ich probierte das Telefon aus. Der Druck auf die Wiederholtaste brachte mir diesmal die sanfte Stimme einer jungen Frau, die mich im Namen von „Aloha Records" begrüßte. Ich legte auf, ohne mich zu entschuldigen. „Aloha Records". Nichts verdächtig daran. Warum sollte eine Künstlerin nicht ihre Agentur anrufen?

Da fiel mir auf, daß das Adreßbuch, dessen Eintragungen ich neulich in harter Arbeit auf die Kassette des Recorders kopiert hatte, nicht mehr da war. Ich zog die Schublade des Südstaaten-Schreibsekretärs auf, wo ich den Brief mit der Drohung aus ausgeschnittenen Zeitungslettern entdeckt hatte, und auch hier fand sich nichts mehr. Aufschlußreich.

Ich durchsuchte vorsichtshalber noch das Bad, weil sich die meisten Leute, die in einer Wohnung eine Tote zurücklassen, eigenartigerweise immer das Bad als Aufbewahrungsort für die Leiche wählen. Mein Freund Bobby Hsiang in Hongkong, der ebenso lange in der Branche ist wie ich, führt das darauf zurück, daß abgemurkste Personen meist bluten, wenn man sie nicht gerade erwürgt hat, und daß selbst Mörder Reste von Sauberkeitsliebe aufweisen; sie rechnen damit, daß Badfliesen sich leichter reinigen lassen als Nadelfilz. Ich weiß zwar nicht, ob Bobby mit der Vermutung recht hat, aber die Häufigkeit ist unbestritten. Das erzähle ich Ihnen nur, damit Sie eine gewisse Vorstellung von der Kombinationsgabe eines Detektivs bekommen, egal ob er nun in Hongkong arbeitet oder anderswo ...

Verzeihen Sie die Abschweifung. Es mag an Hongkong liegen, daß ich, sobald ich in einem anderen Land bin, immer an zu Hause denke, welbst wenn es sich um Leichen handelt und um deren Fundorte. Jedenfalls hatte ich ein neues Rätsel zu lösen. Warum erschien Hana Teoro nicht im „Surf Room", wo wir verabredet gewesen waren? Und was mochte sie wohl mit „Aloha Records" zu besprechen gehabt haben? Wes Blair gab es dort nicht. Lediglich den Geschäftsführer, dessen Privatadresse sie in ihrem Büchlein vermerkt gehabt hatte. Und – wo war der Drohbrief geblieben?

Nach und nach verstärkte sich bei mir die Vorstellung, daß mir ein Besuch in der Schallplattenfirma vielleicht einigen Aufschluß bringen könnte.

Ich machte mich auf zur Queen Emma Street, nachdem ich mich vom Monteur wieder in einen Touristen in hellem Anzug verwandelt hatte.

„Hallo!" sagte die Blondine in Frank Osborns Vorzimmer. Sie war ebenso distanziert freundlich wie eine Hebamme zu einer Schwangeren, deren Entbindung sie in die schmalen Hände nehmen soll. Wies auf einen Sessel und setzte sich mir gegenüber. Als ich beiläufig nach Osborn fragte, ließ sie mich wissen, es werde einige Zeit dauern, er sei im Studio, da werde gerade eine Produktion abgenommen. Aber ich könnte Kaffee, Tee, Likör, Bier, Cola oder eisgekühltes Bananenblütenwasser haben, wenn ich erschöpft sei.

Ich wählte das Wasser, das ich aus Kanton kannte, noch aus der Zeit, in der es Coca Cola schwer gehabt hatte, sich dort zu etablieren. Als ich das der Dame sagte, lächelte sie müde. Sie machte auch kein fröhlicheres Gesicht, als sie mir das angelaufene Glas servierte.

Weil sich ein solcher Test immer lohnt, wie ich aus langjähriger Praxis weiß, erkundigte ich mich beiläufig: „Schwer, so einen Betrieb ohne die Seele der Sache weiterzuführen, wie?"

Sie nickte. „Wir haben schon Schwierigkeiten, ja."

Ich zeigte Verständnis. „Wissen Sie, es gibt heute in keiner Stadt der Welt zwei Geschäftsleute, die Ihnen vorbehaltlos sagen, sie seien mit dem Geschäft zufrieden!"

Während ich trank, dabei bemüht, die eisige Flüssigkeit möglichst an meinen empfindlichen Zähnen vorbeizuschleusen, hörte ich die Blondine betont leise sagen: „Mister Lim Tok, ich würde gern kurz mit Ihnen sprechen, aber nicht hier, geht das?"

In Europa, höre ich, soll es Witze über Blondinen geben. Danach sollen sie dumm, eingebildet und krachscharf sein. Nun neigen wir Chinesen ohnehin nicht dazu, die Leute so pauschal einzusortieren, und außerdem pflegen wir uns nicht auf Kosten von Frauen zu amüsieren, blond oder schwarz, möglicherweise auch rot. Wir haben keine Vorurteile, was die Weiblichkeit angeht. Und wenn ich anfangs die Dame etwas reserviert beurteilt hatte, so wuchs doch jetzt mein Interesse. Ihre halblaute Frage klang für mich ganz anders als eines der Angebote, die man gelegentlich bekommt, wenn eine Frau neugierig auf einen ist. Deshalb machte ich, auch weil ich überrascht war, ein möglichst ernstes Gesicht und erwiderte ihr: „Aber ja, jederzeit geht das. Paßt es Ihnen heute abend?"

Als sie nickte, schlug ich schnell vor: „Sonnenuntergang im ‚Surf Room'. Weil ich da in der Gegend wohne. Oder möchten Sie anderswo?"

„Nein, nein, das ist mir recht!" Sie war tatsächlich nicht der Typ der neugierigen, gelangweilten Großstadtblüte, das vermeinte ich zu erkennen.

„Ich hätte auch ein paar Fragen an Sie", gab ich ihr zu verstehen. Und weil ich vorbeugen wollte, daß sie mich für einen Gelegenheitsabstauber hielt, fügte ich so ernst wie es mir gelang hinzu: „Vermutlich können Sie mir über Ihren verschwundenen Chef eine Menge sagen, was mir hilft, ihn zu finden. Und über ein paar andere Leute auch ..."

Sie nickte wieder. Sagte nichts. Es hatte den Anschein, als befürchte sie, im Zimmer könnte eine Wanze installiert sein. Deshalb drang ich nicht weiter auf Einzelheiten.

Es wäre auch nicht viel zu bereden gewesen, denn die Tür flog auf, und Osborn platzte herein. Schimpfte auf irgendwelche Idioten, die nicht wußten, daß man heutzutage Trompeten entweder zurücknehmen oder den Trompeter solo spielen lassen muß, wozu er aber ein As sein müsse. Daß er den ewigen Quatsch mit den musikalischen Selbstverwirklichern satt habe, dies sei schließlich keine Einrichtung zur Seelenpflege für Notenspinner, sondern ein Unternehmen, das Gewinn zu machen habe ...

So ging das eine Weile, wobei der strichfeine Schnurrbart des jungen Herrn mit der Oberlippe zusammen gefährliche Zuckungen ausführte. Bis er schließlich mich wahrnahm.

„Was kann ich für Sie tun?"

Ich kam gleich zur Sache. Erklärte ihm, noch im Beisein der Vorzimmerdame, weswegen ich mit Miß

Hana Teoro verabredet gewesen war, weswegen ich mich überhaupt in Honolulu aufhielt, daß Miß Teoro nicht gekommen sei, und ob er wisse, wo ich sie erreichen könne.

Er ließ Miß Hall, so hieß die Blondine, sogleich in ihrer Wohnung anrufen, und als sich da niemand meldete, ließ er im Polynesischen Kulturzentrum nachfragen.

Wir erfuhren, daß sie – wie geplant – abgereist war.

„Sie fährt einen französischen Sportwagen", klärte mich Osborn überflüssigerweise auf, dann bewegte er etwas hilflos die Schultern und gestand mir mit der Miene eines schmerzgeplagten Mannes, es falle ihm nichts ein, was er im Augenblick noch für mich tun könnte. Vielleicht habe sie sich ja nur verspätet, und ich solle Geduld haben.

Worauf er sich wieder an Miß Hall wandte und sich erkundigte, ob der Pilot sich schon gemeldet habe.

Ich wußte nicht, was es mit dem Piloten auf sich haben könnte, und vorsichtshalber zündete ich mir eine Zigarette an, um Zeit zu überbrücken, bis mir wieder etwas einfiel, was mich weiterbrachte. Miß Hall richtete aus, der Pilot habe angerufen, es sei alles wie geplant vorbereitet.

Osborn brummte zufrieden, dann erkundigte er sich zu mir gewandt: „Einen Bourbon?"

Ich fragte ihn lächelnd, ob er mich umbringen wolle, und er beteuerte, er habe nur die besten Absichten. Wünschte mir, daß ich bald das Vergnügen hätte, Miß Teoro zu sehen. Er war jetzt kurz angebunden, aber das war es nicht, was mich störte. Vielmehr hatte ich den Einduck, er wolle mich so schnell wie möglich loswerden.

Warum? Was störte mich an dem Charmeur mit dem Strichbärtchen? Bildete ich mir schon wieder etwas ein?

Wir verabschiedeten uns nach den wenigen Worten, die wir gewechselt hatten, wie alte Freunde. Er verschwand in seinem Büro. Ich telefonierte noch mit Laureen, aber auch sie hatte nichts neues zu sagen. Hana Teoro hatte sich bei ihr nicht gemeldet.

Also schlug ich noch etwas Zeit tot, indem ich erst nach Pearl Harbor rollte, wo ich mich auf einem Boot zusammen mit zwanzig Japanern und deren vierzig Fotoapparaten zu der seit dem Überfall von 1941 dort im Hafenbecken gesunken liegenden ARIZONA fahren ließ.

Ich hatte schon immer einmal dieses ungewöhnliche Denkmal sehen wollen, um meiner Mutter davon erzählen zu können. Mein Vater hatte als sehr junger Rekrut der Marine den Bombenregen damals noch erlebt, dem die „Arizona" zum Opfer gefallen war. Am Nachmittag entschloß ich mich, bis Koko Head zu rollen und herauszufinden, ob Henry noch mit seinen beiden Klienten surfte.

Ich traf ihn, und die beiden waren glücklich, weil er ihnen inzwischen beigebracht hatte, auf den Brettern wenigstens stehen zu können, wenn auch schwankend. Manchmal konnten sie sogar schon den richtigen Winkel einer anrollenden Welle erwischen. Sie schilderten mir alle Einzelheiten ihrer fünfhundert Versuche, ohne daß ich zu bezahlen hatte. Die beiden waren von der Sorte Menschen, denen man nicht böse sein kann, und außerdem ließen sie in einer dieser Buden mit dem Schilfdach am Strand laufend Tabletts voller Eiscreme, Ananas-Shakes oder eines frostigen Getränkes mit dem Namen „Iolani Cocktail" auffahren, regenbogenbunt und trickreich so angerichtet, daß die einzelnen Farben nicht ineinander verliefen.

Sie schworen darauf, das schmecke wie der Kuß Peles an einem lindwarmen Tag um Weihnachten herum. Was mich zu staunender Anerkennung ihres

Geschmacks veranlaßte, sie zu geschmeicheltem Lächeln und Kalapano zu einer folkloristischen Exkursion, von der ich nur behielt, daß der Iolani ein bunter Vogel in der Sagenwelt der Hawaiianer sei. Die Götter hatten gegen ihn nichts zu melden – eine ähnliche Gestalt wohl wie unsere chinesischen Drachen, mit deren Namen sich heute ja auch alle möglichen Artikel schmücken, von Teesorten bis zu Präservativen.

Es wurde ein vergnügter Nachmittag, vor allem weil die mit Iolani Cocktails aufgefüllten beiden Klienten Kalapanos mir durchaus noch ihre Surfkünste vorführen wollten und der eine dabei mit einer Welle wegrollte, aus der er erst wieder auftauchte, als ich schon den Notdienst im Tower anrufen wollte. Dabei war er guter Dinge und spuckte nicht einmal nennenswert Wasser.

Siebentes Kapitel

Wenn Sie einmal an der Glasfront des „Surf Rooms" sitzen und einen Sonnenuntergang erleben könnten, würden Sie verstehen, weshalb die Preise hier um diese Zeit höher sind als etwa gegen Mittag.

Da spielt sich vor Ihren Augen eine Orgie von Farben ab. Das Meer, das eigenartigerweise sanfter zu rollen scheint, reflektiert diese Farben in Verfremdungen, die noch keinem Maler eingefallen sind. Wenn dann noch aus der dezent leise gedrehten Lautsprecheranlage „Ala Moana" rieselt, geraten Sie garantiert in eine Stimmung, die Sie so schnell nicht vergessen werden. Selbst der Anblick einer zwar schönen, aber sehr nüchtern wirkenden Blondine mit idealen Abmessungen kann Ihre Stimmung da nicht mindern: Miß Hall war gekommen, aber ich schwebte noch irgendwo über den Wellen, bis es mir endlich gelang, meine Aufmerksamkeit voll auf sie zu konzentrieren.

Sie eröffnete mir: „Ich finde es richtig, Ihnen einige Dinge zu vermitteln, die ich weiß, und die Sie wissen sollten, weil sie mit dem Verschwinden von Mister Blair in Verbindung stehen können, und das sollen Sie doch untersuchen, oder?"

„Kein oder. Ich bin von Mrs. Blair gebeten worden, Licht in die Sache zu bringen."

Die Kellnerin schleppte ein Tablett voller Mini-Sandwiches an, die sich Miß Hall unter Hinweis auf ihre Diätgewohnheiten ausdrücklich gewünscht hatte. Lauter Brotecken mit verschiedenen Belägen, wie man sie bei uns zu Hause bekommt, wenn einen eine Einladung zu einer englischen Cocktailstunde erwischt, was man in meinen Kreisen möglichst zu vermeiden trachtet. Nicht weil man etwas gegen Prinz Charles hat, sondern weil chinesische Dim Sum einfach besser schmecken.

„Sie sollten wissen", begann Miß Hall, „daß Mister Blair im Begriff war, die Sängerin Francis Lee für eine exklusive Zusammenarbeit mit ‚Aloha Records' zu gewinnen."

„Das verriet mir Laureen Blair schon", machte ich sie aufmerksam.

Sie nickte und fuhr fort: „Was Mrs. Blair vermutlich nicht wußte, war der Streit, der sich daran zwischen ihrem Gatten und Mister Imai entzündete. Er gipfelte in gefährlich klingenden Drohungen Mister Imais, er werde es nicht hinnehmen, wenn Francis Lee die ‚Southern Islands' verläßt."

„Was wollte er denn dagegen tun? Eine Sängerin hat, denke ich, das Recht, mit der Firma Schallplatten zu machen, die ihr die besten Bedingungen bietet, oder?" Sie langte nach einem Mini-Sandwich, das mit Lachs belegt war, trank etwas nach, und dann sagte sie: „Er drohte auszupacken."

Diesen Ausdruck hatte ich in ausgeschnittenen Zeitungslettern gelesen, und zwar eigenartigerweise bei meinem inoffiziellen Höflichkeitsbesuch in Hana Teoros Wohnung.

„Was auspacken?"

Sie kaute, schluckte, dann kam heraus: „Gewisse Einzelheiten aus der Vergangenheit von Miß Lee in

Saigon. Er drohte mit einer Pressekampagne, die Mister Blair die Freude an der Sängerin verleiden würde, sollte die tatsächlich zu ‚Aloha Records' wechseln."

Ich hatte keinen Grund, ihr zu verheimlichen, daß mir Laureen Blair einen Teil dieser Hintergründe erst kürzlich geschildert hatte, abgesehen davon, daß ich den Rest durch den Fund der Dokumente auf Blairs Boot kannte.

Als ich Miß Hall andeutete, einiges von Laureen erfahren zu haben, erkundigte sie sich gelassen: „Hat Ihnen Mrs. Blair auch sagen können, welche Gegenstrategie ihr Gatte entwickelt hat?"

„Nein", erwiderte ich wahrheitsgemäß. „Vielleicht Geld geboten? Erpresser wollen ja meist Geld ..."

Sie schüttelte den Kopf. „Mister Blair tat etwas, womit Imai wohl nicht gerechnet hatte. Er flog nach Saigon, zog dort selbst noch Erkundigungen ein, und nach seiner Rückkehr teilte er Imai mit, wenn er die Lee nicht freiwillig an ‚Aloha Records' abträte, würde nun er seinerseits eine Pressekampagne um die frivole Seite ihrer Vergangenheit entfachen, und damit dürfte sie dann für die ‚Southern Islands' nutzlos sein."

„Im Schachspiel nennt man so was ein klassisches Patt", stellte ich fest. „Keiner kann sich mehr bewegen, und der eine lauert nur darauf, daß der andere die Nerven verliert." Ich war total überrascht. Daß die Sache so liegen könnte, war mir nicht in den Sinn gekommen. Man lernt nie aus.

„Sie haben es erfaßt", bestätigte die Blondine. „Keiner konnte sozusagen mehr einen Zug machen."

Nach einer Weile, in der wir Sandwiches aßen und das aufglühende Meer hinter der Panoramascheibe bewunderten, stellte ich mir und ihr die Frage: „Warum haben die beiden nicht das Einfachste getan, was man in dieser Situation tun kann, sich die Dame geteilt? Sie hätte für beide Firmen arbeiten können, abwechselnd. Das gibt es öfter."

„Dazu war keiner bereit. Keiner wollte teilen."
„Statt dessen haben sie einander gedroht?"
„So ist es. Aber das ist nicht alles. Auch Miß Hana Teoro wurde bedroht. Über sie wollte Mister Imai wohl Mister Blair und seine Firma treffen. Er rechnete, daß Mister Blair nachgeben würde, wenn seine Topsängerin persönlich in Gefahr geriet."

„Hat die denn auch so etwas, das man ein ‚Vorleben' nennen könnte?"

„Weiß ich nicht. Nie etwas gehört. Nur – sie hatte Kenntnis von dem, was Mister Imai über Francis Lee zu verbreiten drohte, wenn sie denn zu ‚Aloha Records' ginge. Ich schließe das aus einer Bemerkung, die sie einmal machte. Sie meinte, man solle mit so was keinen Unfug treiben. Die Leute, die das täten, verurteilte sie."

Ich wollte von ihr erfahren, ob es nach all den gegenseitigen Drohungen, von denen ich die an Hana Teoro selbst gelesen hatte, ein Treffen der beiden Produzenten gegeben habe. „Vielleicht, um zu einem Vergleich zu kommen?"

Miß Hall ließ sich Zeit und aß ein weiteres Sandwich, ehe sie endlich antwortete: „Ich glaube, es gab ein solches Treffen. Mister Blair sprach davon, daß Imai endlich zur Vernunft zu kommen schien."

„Zu wem sprach er davon? Nur zu Ihnen?"

„Ich war ... bin seine persönliche Sekretärin. Ja, er erwähnte das mir gegenüber."

„Mister Osborn?"

„Mister Osborn wußte von dem Streit. Er kannte auch die Drohungen. Aber von einem möglichen Vergleich, den Mister Blair mir gegenüber andeutete, wußte er wohl nichts."

„Und wann war das?"

„Einen Tag, bevor Mister Blair verschwand."

„Er hatte keine Reise geplant?"

„Das hätte ich gewußt. Ich buche die Flüge, wenn

er nicht mit der Firmenmaschine fliegt. Aber in diesem Falle hätte es Mister Osborn gewußt, denn er fliegt die Pilatus Porter, die uns gehört. Mister Blair hat keine Fluglizenz."

„Und Mister Osborn ist um diese Zeit nicht geflogen?"

Sie schüttelte den Kopf. Ich bemerkte, daß sie einen winzigen Augenfehler hatte, eine Kleinigkeit, die einem kaum auffiel.

Die Achsen der Pupillen von Miß Hall verliefen ungleichmäßig. Wenn sie ernst dreinblickte, wie jetzt, vermeinte man Unsicherheit zu entdecken. Doch das war eben eine Täuschung. Miß Hall war nicht verschlagen, sie war auch nicht froh, und keinesfalls war sie unsicher, als sie sagte: „Ich habe lange geschwiegen, Mister Lim Tok. Es schien mir nicht recht, Dinge an andere weiterzugeben, die nur die Firma etwas angehen. Ich bin in solchen Sachen altmodisch. Aber jetzt ist soviel Zeit vergangen, daß ich denke ... jemand muß helfen, das Verschwinden von Mister Blair endlich aufzuklären. Ich habe mich bisher dagegen gesträubt zu glauben, daß ihm etwas zugestoßen ist. Nur – nach so langer Zeit ..."

„Sie haben Ihre Meinung geändert."

„Mister Osborn auch."

Draußen war aus den flammenden Farben ein blasses Violett geworden, das immer mehr eindunkelte. Manches an der Geschichte, in der ich steckte, begriff ich jetzt, nach der Unterhaltung mit Miß Hall besser. Auch ich glaubte nicht mehr daran, daß Wes Blair noch lebte. Ich hatte Imai kennengelernt. Und mir hatte er nicht einmal gedroht, bevor er mich über die Kaimauer werfen ließ!

„Ich werde noch einmal mit Mister Osborn sprechen", sagte ich.

Sie ließ ihren Blick in das Violett des Abends über dem Meer tauchen und machte mich aufmerksam: „Er hat ein paar Tage Urlaub genommen. Die letzte Produktion war anstrengend. Und Mister Blair nicht verfügbar. Mir hat er hinterlassen, er werde den Urlaub nicht in Honolulu verbringen."

Ich erinnerte mich: „Er stammt aus Kauai, ja?"

Sie bestätigte das.

Als ich mich beiläufig erkundigte, ob sie in den letzten Tagen etwas von Miß Hana Teoro gehört habe, bewegte sie leicht die Schultern und gab mir zu denken: „Sie pflegte mit Mister Blair persönlich zu kommunizieren."

Ich bemerkte ihre Verlegenheit, als sie stockte und kam ihr zuvor: „Mit Mister Osborn auch, nicht wahr? Ich glaube, diese beiden sind wohl privat befreundet, oder?"

Sie schien erleichtert, daß ich das wußte und sie nicht in die Gefahr kam, als geschwätzig beurteilt zu werden, wenn sie es mir mitteilte. Sie sagte leise: „Die beiden sind befreundet, ja."

„Verlebt Mister Osborn möglicherweise die paar Tage Urlaub, die er sich gönnt, mit Miß Teoro?"

„Davon weiß ich nichts. Aber es ist möglich."

Inzwischen war für mich ziemlich klar, daß Wes Blair mit Miß Hall wohl kein Verhältnis gehabt hatte, und daß im übrigen die Sekretärinnen stets mehr wissen als die Gattinnen, ist ja eine alte Erfahrung, fern von allen Verhältnissen. Wie um das zu bestätigen, teilte Miß Hall mir mit: „Mister Blair und Miß Teoro hatten eine Vertrauensbeziehung, wenn Sie wissen, was ich meine. Ein Vater-Tochter-Verhältnis könnte man sagen. Er hatte sie aufgebaut. Mehr gab es da nicht."

„Ich verstehe schon. Dann wußte Miß Teoro wohl auch von der Reise Blairs nach Saigon und von seinem Ultimatum an Imai?"

Plötzlich spröde werdend, gab sie zurück: „Ich war darüber nicht informiert worden."

Sie war nicht mehr ganz bei der Sache. Ihr Blick richtete sich auf den Eingang des „Surf Rooms". Und dann stand unvermittelt ein salopp, aber teuer gekleideter Mann bei uns am Tisch, lächelte höflich, nahm für einen Augenblick seine goldgeränderte Brille ab und küßte Miß Hall sacht auf die Stirn.

„Hallo, Darling!"

Er deutete eine Verbeugung in meine Richtung an und streckte die Hand aus.

Miß Hall sagte ohne die geringste Verlegenheit: „Das ist Mister Payne. Mister Lim Tok ..."

Er hatte einen kräftigen Händedruck. „Freut mich. Ich habe mit Flugzeugen zu tun. Meine Braut erzählte mir schon von Ihnen. Hongkong. Interessantes Pflaster ..."

Er war offen und freundlich, und als er sich vergewissert hatte, daß wir wohl mit unserer Besprechung am Ende waren, bestellte er Sekt. Ich hatte Gelegenheit, darüber nachzudenken, daß ich es gar nicht für möglich gehalten hatte, Miß Hall könne einen Freund haben. Macho, der ich bin! Wie jedenfalls meine Freundin Pipi öfters mal behauptet.

Wir prosteten uns einige Male zu, dann kehrte ich den Gentleman heraus und zog mich für den Rest des Abends zurück.

Wie ich befürchtet hatte, meldete sich an Osborns Telefon niemand.

Leo Tamasaki hingegen war noch im Dienst. Er begrüßte mich: „Gut, daß Sie anrufen. Gibt es Neuigkeiten?"

Anstandshalber teilte ich ihm meine inzwischen bestätigte Vermutung mit, zwischen den beiden Musikproduzenten habe es einen Streit um einen Star gegeben, in dessen Verlauf dann wohl der eine von ihnen verschwunden sei.

Er sagte, er habe etwas ähnliches vermutet, aber das sei bis jetzt kein Anlaß für die Polizei, mehr zu tun als eine Vermißtenfahndung zu betreiben. Routinemäßig. Das würde laufen. Allerdings habe er auch eine Neuigkeit für mich.

„Ich bin zwar nicht Ihr Bodyguard, Mister Lim Tok, aber ich muß Sie warnen. Jemand hat uns unter der Hand informiert, daß ein Profi angemietet worden ist, mit dem Auftrag, jemanden auszuschalten, der aus Hongkong nach Honolulu gekommen ist. Das könnten Sie sein."

„Aber – ich bin doch offiziell ertrunken! Hat sich das nicht herumgesprochen?"

„Entweder nicht, oder man hat herausgefunden, daß Sie überlebten."

Ich stand unter einer dieser Plexiglashauben am Kai und blickte mich, den Telefonhörer in der Hand, nach allen Seiten um.

Es gab nur wenige Leute, die sich um diese Zeit hier aufhielten. Die Flaniergegend lag weiter westlich. Viel weiter. Ein paar Frachtfahrzeuge, kaum andere Autos. Bis auf meinen gecharterten Chevy, den ich im Schatten eines Lagergebäudes geparkt hatte. Keine wahrnehmbare Bedrohung.

Ich wagte die Frage an Tamasaki: „Wer hat denn diesen Mann angemietet?"

Er wußte es nicht. Er gab nur einen Tip weiter, den er aus der Unterwelt bekommen hatte.

„Der Profi heißt Mano. Das ist die Abkürzung für Manuel. Halb Japaner, halb Filipino. Hat hier einige Jahre wegen Raub gebrummt. Lebt heute auf den Philippinen. Ist unbemerkt eingereist, vermutlich mit einer Schwadron Touristen. Arbeitet mit Pistole auf kurze Distanz."

„Ich werde mir besser auch eine Waffe zulegen", bemerkte ich.

„Meinetwegen. Lizensiert wird sie nicht. Sie sind Ausländer. Wenn Sie den Mann damit durchlöchern, kriegen Sie ungefähr zehn bis fünfzehn Jahre."

„Auch bei Notwehr?"

„Die ist schwer zu beweisen, wenn der, den Sie abgewehrt haben, mit einem Loch im Kopf in der kalten Küche liegt. Übrigens – Mano ist an einer Narbe erkennbar. Zieht sich waagerecht über die Stirn, ziemlich weit oben. Aber man sagte uns, er zerrt die Haare drüber."

Das konnte noch lustig werden, überlegte ich. Aber ich hatte diesen Auftrag nun einmal angenommen, und auch ein Pistolero sollte mich so leicht nicht daran hindern, ihn zu Ende zu führen. Ich würde zupacken, bevor meine Gegenspieler es vereiteln konnten, Pistolero oder nicht.

Und dazu fiel mir ein, Tamasaki zu fragen: „Haben Sie eine Ahnung, wo sich dieser Geschäftsführer von ‚Aloha Records' aufhalten könnte, wenn er Urlaub von kurzer Dauer macht?"

„Osborn?" Tamasaki kannte ihn. Hatte im Zusammenhang mit polizeilichen Ermittlungen über das Verschwinden Blairs ein Gespräch mit ihm geführt.

„Allwissend bin ich zwar nicht", erklärte er mir nun, „aber der Junge kommt aus einer honorablen Familie in Lihue. Fabrik und so. Außerdem haben die Leute mehrere Ruhequartiere in idyllischen Gegenden Kauais. Brauchen sie den Mann?"

„Er könnte mehr wissen, als er bisher gesagt hat", gab ich ihm zu denken.

Er bestätigte mir, daß er darüber nicht die geringste Illusion habe, die meisten Leute verhielten sich so. Dann schlug er mir vor: „Fliegen Sie hinauf nach Kauai. Ist überdies ein schöner Platz. Wird Ihnen gefallen. Auf dem Flugplatz wenden Sie sich an den dort residierenden Polizeibeamten. Heißt Kaoli. Bis morgen mittag wird er Ihnen sagen können, wo sich Osborn aufhält. Wenn er auf Kauai ist. Passen Sie auf sich auf ...!"

Achtes Kapitel

Während ich auf Kalapanos Boot ein paar Leckereien aß, die Kaana uns hinterlassen hatte, bevor sie irgendwohin zur Darreichung von Häppchen oder Frühlingsrollen aufgebrochen war, zogen Henry und ich uns ein paar Büchsen Coors auf und heckten den Plan aus, wie wir Imai, der als Hinter-mann immer verdächtiger wurde, zu genau der unbedachten Handlung reizen könnten, die uns erlaubte, das aufzurollen, was hier recht geschickt zu einem scheinbar nicht zu öffnenden Bündel verschnürt worden war.

In der Pahoa Avenue war der Morgenverkehr zwar schon abgeflaut, dafür rauschte etwas weiter, auf dem Lunalilo-Highway in beiden Richtungen Blech durch Kaimuki.

Henry blieb im Chevy sitzen, um sofort Leo Tamasaki benachrichtigen zu können, wenn ich nicht in genau zwanzig Minuten zurück war.

Der ersten Sekretärin des Studios „Southern Islands" teilte ich nur mit, ich sei mit Mister Imai verabredet, als ich an ihr vorbeiging, ohne nach ihrer Zustimmung zu fragen. Bei der zweiten schaffte ich das auch noch. Die dritte hielt mich ernsthaft auf, denn sie hatte Imais Terminkalender vor sich liegen. Darin fehlte ich.

„Ich werde Sie für die nächste Woche vormerken", schlug sie mir gönnerhaft vor, von meinem Charme überwältigt. „Wollen Sie vorsingen?"

Es war höchste Zeit, eine andere Tonart anzuschlagen. Deshalb sagte ich, wobei ich mir keine Mühe mehr gab, freundlich zu erscheinen: „Sie melden mich jetzt sofort bei Mister Imai an. In genau zwanzig Minuten ist die Polizei hier, wenn ich sie nicht mit Mister Imai zusammen davon abhalte!"

Das wirkte. Sie wechselte ein paar Worte über die Sprechanlage mit ihrem Chef, dann hielt sie mir die gepolsterte Tür auf.

Der Produzent mit der ernsten Miene und der Kleidung eines Bankiers konnte nicht verhindern, daß sein Gesicht noch bleicher wurde, als es ohnehin von Natur aus schon war. Er brachte mit einiger Mühe heraus: „Mister ... Jones"

Ich korrigierte ihn gezielt barsch: „Mein Name ist Lim Tok, und Sie wissen das. Die Leute, die mich in Ihrem Auftrag über die Kaimauer schmissen, wußten es ebenfalls!"

„Ich verstehe ... nicht", murmelte er.

Ich winkte ab. „Nicht nötig. Schonen Sie Ihr Hirn, Mister. Ich habe veranlaßt, daß die Polizei Sie besucht und nach mir fragt, sobald zwanzig Minuten vergangen sind und ich nicht wieder auftauche. Also keine Tricks. Diesmal wird mir nichts auf den Kopf fallen. Ich werde mich auch nicht gefesselt im Hafenbecken wiederfinden. Und hier meine persönliche Botschaft an Sie: Ich habe einer jungen Dame, die mit Francis Lee befreundet war, und die Sie unlängst besuchte, wie sie mir sagte, das abgekauft, was die Sängerin über Sie, Mister Blair und andere Leute aufschrieb. Sie kommen schlecht dabei weg, Mister Imai. Ganz schlecht. Es könnte Sie Ihren Laden kosten.

Mein Preis für das Material ist genau eine Million Dollar ..."

Er murmelte wieder: „Ich verstehe ... nicht!"

Anscheinend fiel ihm sonst nichts ein. Er öffnete noch einmal den Mund, aber ich kam ihm zuvor.

„Ich weiß, der Killer von den Philippinen macht es vermutlich billiger. Ich habe ihn bereits im Visier. Sie werden zahlen. Oder die Sachen gehen in Druck. Es wird erwiesen sein, daß Sie ein Erpresser sind, wie es Blair auch war, und der Schmonzes, den Sie in den Zeitungen über Miß Lee verbreitet haben, wird ganz schnell vergessen werden über dem katastrophalen Zusammenbruch der ‚Southern Islands'. Die Polizei wird Sie nämlich dann fragen, wo sie Mister Blair suchen soll!"

Er war nicht in der Lage, mich aufzuhalten, als ich zur Tür ging. Ich hatte ihn kalt erwischt. Für den Japaner mußte es ein psychischer Schock von ungeahnten Ausmaßen sein, daß ihm plötzlich die Existenz in Frage gestellt wurde. Und noch dazu von einem Mann, den er schon einmal, allerdings ohne Erfolg, auf den Meeresgrund geschickt hatte.

„In achtundvierzig Stunden rufe ich wegen der Übergabe der Summe und der Dokumente an, Mister Imai. Ich bekomme dann die Million. Sie bekommen die Originale der Dokumente. Einen Satz Kopien behalte ich. Lebenslang. Als Versicherung sozusagen. Sie dürfen nämlich nicht denken, daß andere Leute dümmer sind als Sie. Aloha!"

Es war ein Abgang wie im Film. Die Sekretärin schien erstaunt, daß die Unterredung schon vorbei war. Ich winkte ihr zu und empfahl ihr: „Bringen Sie Ihrem Chef ein Kleenex, er muß Schweißperlen von der Stirn wischen!"

Damit war ich weg.

Henry Kalapano, der im Chevy wartete, wußte bereits, wohin es nach dem Besuch bei Imai gehen sollte. Er rollte die Pahoa zurück bis zur Kapahulu-Auffahrt, wo es ausnahmsweise mal keinen Stau gab, und dann gab er dem Chevy auf dem immer noch ziemlich dicht befahrenen Highway die Sporen.

„Kann ich mitfliegen?" erkundigte er sich zwischendurch.

„Ich denke, du mußt Leuten das Surfen beibringen?"

Er eröffnete mir, daß er für die nächsten Tage keine Klienten hatte, und das war mir ganz lieb, denn ich befand mich auf fremdem Territorium, da kamen die Kenntnisse eines Einheimischen sehr gelegen. Wie richtig diese Überlegung war, hatte schließlich Kalapano selbst mir eindringlich demonstriert, als er mich aus dem Wasser holte.

Also erklärte ich mich kurzerhand einverstanden und verlangte mehr der Ordnung halber: „Aber keine Einmischung in meinen Job!"

Er winkte ab, wobei er – für mich beängstigend – das Lenkrad losließ: „Habe mich noch nie irgendwo eingemischt. Vielleicht treffen wir ja ein paar interessante Leute!"

Darauf kannst du dein letztes Glasfaser-Surfbrett verwetten, dachte ich, sagte es aber nicht.

Bei den Charterleuten im Airport widmete sich uns ein smarter Jüngling, der sich vorsichtig erkundigte: „Wieviel möchten Sie für den Flug anlegen, meine Herren?"

Es waren zweihundert Kilometer, was Henry eine Strecke nannte, die man notfalls auch schwimmen könnte. Der junge Mann bot an: „Sie können mit einer Pilatus Porter in einer knappen Stunde in Lihue sein, mit einer Navajo in einer halben Stunde, und mit dem Learjet in etwas mehr als zehn Minuten. Der Preis wäre ..."

Ich machte ihn aufmerksam: „Als Anlageberater wären Sie ein As!" Und dann vertraute ich ihm an, daß wir gern etwas ruhiger reisten, weil wir einen Blick auf das Meer zu werfen beabsichtigten.

Wir einigten uns auf die halbe Stunde in der Navajo. Der Pilot war ein umgänglicher Mann dunkler Hautfarbe, der auf unseren Wunsch so tief flog, daß wir hin und wieder einen Schwarm fliegender Fische beobachten konnten.

Weil ich Lihue nicht kannte, war ich total überrascht, denn bei der Runde, die wir über der Stadt zogen, konnte ich entdecken, daß dies alles andere als ein verträumtes Nest mit Südseeromantik war.

Der Stadtkern bestand aus den gleichen Betonburgen, wie sie auch in Honolulu standen, ringsum allerdings gruppierten sich Reste von dem, was man mit einiger Phantasie noch das alte Kauai nennen konnte, die Trauminsel, die Captain Cook als erstes Eiland der Sandwich-Gruppe damals betreten hatte.

„Die Stelle liegt ziemlich weit im Süden", klärte mich Henry Kalapano auf, und dann fügte er an: „Cook hin, Cook her – Kauai ist das Paradies, in dem der Regenbogen immer noch daran erinnert, daß Pele hier eigentlich das große Feuer anzünden wollte. Nur daß sie keinen Platz dafür fand und es schließlich auf der Großen Insel anbrannte, am anderen Ende der Kette, im Kilauea-Krater. Dabei ist Big Island nicht halb so schön wie Kauai!"

„Oder Oahu", steuerte ich meine bescheidene Kenntnis des Paradieses bei.

Die Navajo rollte aus. Der Pilot führte uns bis zum Flughafengebäude und erwischte dort eine Touristenfamilie, die eine schnelle Chance suchte, nach Honolulu zu kommen.

„Mister Lim Tok?" begrüßte mich ein uniformierter Polizist in der Halle. Er war klein, beleibt, schwitzte sogar auf der Glatze, und er stammte offenbar von den Inseln. Seine dunkle Hautfarbe verriet es, auch wenn man seinen Namen nicht kannte. Ich kannte ihn.

„Hallo Mister Kaoli!" erwiderte ich seinen Gruß. „Ich freue mich, daß Detecive Tamasaki Wort gehalten hat!"

Er überhörte das mit dem gehaltenen Wort. Führte mich und Kalapano in sein Büro, in dem es an der Wand eine Karte von Kauai gab, und hier deutete er auf eine Stelle im Norden und erklärte mir ohne Umschweife: „Das ist Hanalei. Liegt in einem Tal mit Blick zum Meer. Sehr schön. Das hier sind Badestrände. Am schönsten der von Lumahai. Genau hinter der Abfahrt vom Kuhio Highway, den Sie von Lihue aus nehmen, gibt es eine Privatstraße, die nach links abzweigt. Sie fahren auf ihr etwa zehn Minuten, dann sind Sie in einer Gegend mit weit auseinanderliegenden Bungalows. Mister Osborn wohnt im Familiensitz, Nummer zwei. Sie finden das Haus leicht, es hat über dem Eingang einen Regenbogen aus buntem Glas ..."

Er sah mich überlegend an, dachte wohl nach, ob er noch etwas vergessen haben könnte, fügte schließlich seiner Erklärung hinzu: „Der Regenbogen ist das Firmenzeichen von Osborn Sugar. Weil man dieses Naturereignis hier öfters hat ..."

Wieder sah er mich nachdenklich an. Wartete offenbar darauf, daß ich endlich zufrieden mit seinen Erklärungen war und das erkennnen ließ. Ich tat ihm den Gefallen. Bedankte mich. Auch Kalapano brummte etwas, das man für Dank halten konnte, sofern man gnädig gestimmt war. Dann mieteten wir uns draußen ein kleines japanisches Auto und machten, daß wir auf den Highway kamen.

Es ging fast immer in Nähe der Küste nordwärts, und weil wir einige Male anhielten und ich die Aussicht genoß, brauchten wir immerhin zwei Stunden, bis wir vor dem Tor unter dem grell getönten Regenbogen standen. Er trug auf seinem gelben Streifen die Inschrift „Rainbow Estate".

Frank Osborns Strichschnurrbart zuckte nervös, als er mich erkannte.

Eine Weile war er so überrascht, daß er es nicht fertigbrachte, etwas zu sagen. Bis er dann ein mattes „Aloha" hören ließ.

„Ich bin nicht Mister Clifford Jones", rief ich vorsichtshalber schon aus einiger Entfernung Hana Teoro zu, die an einem Swimmingpool von der Größe eines der Wasserreservoire oben bei Lo Wu lag, unter einem riesigen Sonnensegel, und aus dem Schlaf fuhr, als sie unsere Stimmen hörte.

„Ich heiße Lim Tok", stellte ich mich vor und erklärte ihr, warum ich von Hongkong nach Honolulu gekommen war und warum ich ihr meinen richtigen Namen bei unserer ersten Begegnung in diesem Polynesischen Kulturzentrum auf Oahu nicht genannt hatte.

Sie hörte sich das alles ohne merkbare Gemütsbewegung an. War nur etwas unruhig. Frank Osborn, der inzwischen begriffen zu haben schien, daß weder ihm noch der Dame von uns unmittelbare Gefahr drohte, machte sich auf den Weg ins Haus, das mehr dem Landsitz eines chinesischen Taipans glich als einem Ferienbungalow.

Als er mit einem Tablett voller angelaufener Gläser zurückkam, hatte ich Hana Teoro bereits erklärt, warum wir sie hier so überfielen.

„Wir bleiben nicht lange", versuchte ich, sie versöhnlich zu stimmen, „wir wollen nur nachfragen, ob Sie uns für die Aufklärung des Verschwindens von Mister Blair einen brauchbaren Hinweis geben können. Und dann ..."

Ich nahm eines der angelaufenen Gläser von Osborns Tablett, auch Kalapano bediente sich. Nach dem ersten Schluck des Getränks, das entfernt an eines der Blütenwässer vom südlichen Festland erinnerte, aber stärker roch, wie ich glaubte nach Vanilleblüten, setzte ich meine sorgfältig durchdachte Ansprache, die beide gesprächig machen sollte, fort: „Ja, und außerdem wollten wir Ihnen mitteilen, daß wir in Honolulu eine Warnung bekamen, die Sie interessieren könnte. Der Mann, der unserer Meinung nach hinter dem Verschwinden Mister Blairs steckt, hat Angst bekommen, daß Sie erzählen könnten, was Sie wissen. Deshalb mietete er einen Killer mit hoher Erfolgsquote. Spezialist von den Philippinen. Er könnte sehr leicht auf dem Weg zu Ihnen sein. Für gewöhnlich benutzt er eine Pistole und Munition, die ziemliche Löcher reißt. Die Polizei glaubt, er würde nur mich suchen, aber ich denke, er sucht alle, die mehr wissen, als sie wissen sollten. Wenn er Sie wirklich sucht, wird er sicher herauszufinden wissen, wo Sie sind ..."

Es gab ein klirrendes Geräusch. Frank Osborn hatte sein Glas fallenlassen.

Kalapano, der sich tapfer ein Grinsen verkniff, bot ihm harmlos sein Glas an: „Wenn Sie sich bedienen wollen, Sir, ich warte bis zur nächsten Runde ..."

Osborn wollte nicht. Ihm war der Durst vergangen. Er fragte beklommen: „Aber – was könnten wir da bloß tun? Wir haben gar nicht die Absicht gehabt, über die Sache zu reden ..."

„Sie meinen, Sie wollten nicht über den Mann reden, der vermutlich hinter der Sache steckt", korrigierte ich ihn schnell. „Ich tippe auf Mister Imai. Ist das so?"

„Sie wissen das?"

Es klang so verdutzt, daß ich stutzte. Aber ich wollte mich jetzt nicht auf eine Erörterung dessen einlassen, was ich wußte und er vielleicht verschwieg, deshalb sagte ich leise: „Es geht um die Affäre Francis Lee und die Ereignisse, nachdem Mister Blair aus Saigon zurück war. Wir wollten Ihre Meinung dazu hören."

Ein wenig schoß ich da ins Dunkel, aber er schluckte nur, und dann setzte er sich in einen der Rohrsessel am Pool. Ich hörte, wie ihm Hana Teoro halblaut riet: „Vielleicht kann es helfen, wenn wir Mister ..."

„Lim Tok", half ich ihr zuvorkommend. Sie drängte Osborn: „Wenn es da so einen Kerl gibt, der auf uns angesetzt ist, muß man etws tun!"

Osborn bequemte sich, auszupacken. Wenigstens hielt ich es dafür.

Er erzählte mir die Geschichte, die ich schon kannte, aber ich ließ mir das nicht anmerken, denn als er damit durch war und mir die näheren Umstände von Wesley Blairs Verschwinden schilderte, erfuhr ich, was ich wissen wollte.

„Sie wollten eine Art Vergleich aushandeln, sagte mir Mister Blair. Wie der aussehen konnte, war mir allerdings nicht klar. Trotzdem, ich setzte Mister Blair in Kaimuki ab, bei Imais Studio, abends nach der Arbeitszeit. Mir war nicht wohl bei der ganzen Sache. Sie roch nach Dreck. Aber mit Mister Blair war nicht zu reden. Er wollte Francis Lee herausbringen, und er war bereit, eine Menge dafür zu riskieren, daß er sie kriegte. Am nächsten Tag erschien er dann nicht im Büro. Womit ich überhaupt nicht andeuten möchte ..."

„Was taten Sie da?"

Er zögerte. Warum kam mir der Mann nur so unsicher vor?

„Ich rief am späten Vormittag Mrs. Blair an. Als ich erfuhr, daß er auch zu Hause nicht war, telefonierte ich mit Mister Imai."

„Und der sagte Ihnen, er habe keine Ahnung, wo Mister Blair sei, oder?"

„So ähnlich." Es klang erleichtert. „Er wußte nicht, daß ich Mister Blair bis zu ihm gefahren hatte. Und daß ich den Grund für die Unterredung kannte, war ihm auch nicht bekannt. Wir trafen uns dann auf seinen Wunsch in einem Restaurant am Ala Moana Park ..."

Ich ahnte, was da geschehen war, und Osborn bestätigte mir, daß meine Vermutung stimmte. Imai wußte von Osborns Verhältnis zu Hana Teoro. Und er hatte sich gut vorbereitet, sagte Osborn. Er offenbarte ihm, daß er über Hana Teoro ebenfalls vieles wußte, was ihrer Popularität ernstlich schaden könnte, wenn er es bekannt machte."

„Was es war, sagte er nicht?"

„Nein. Er sagte lediglich, er könne Hana kaputtmachen, in ein paar Wochen würde niemand mehr wagen, sie bei sich auftreten zu lassen. Aber er könne sie auch bei ‚Southern Islands' unterbringen, als Star, neben Francis Lee, dann wäre das alles begraben. Das was ich wüßte und das was er wüßte. Und – ‚Aloha Records' würde ohnehin bald schließen müssen ..."

„Weil es Blair nicht mehr gab, die Seele des Geschäfts?"

„Er sagte nur, ich solle den Mund halten. Weiter nichts. Dann wäre für mich alles gereget. Selbst meine persönliche Perspektive könnte bei ‚Southern Islands' liegen, wenn ich Interesse daran hätte."

Ich stocherte in seiner Wunde: „Ein Held waren Sie nicht. Deshalb sagten Sie zu, wie?"

Hana Teoro verteidigte ihn: „Er tat es meinetwegen. Weil Imai über mich ausgepackt hätte."

Auspacken! Das hatte auf dem Drohbrief aus Zeitungslettern gestanden, den ich in ihrer Wohnung gefunden hatte. Offenbar hielt Imai tatsächlich etwas gegen Hana Teoro in der Hand, das ihre Karriere ernsthaft schädigen konnte, wenn er es auspackte. Was konnte das wohl sein?

Die Sängerin blickte auf das Wasser des Pools, wo ein Gummitier schwamm, das eine Mischung zwischen Krokodil und Pekinese war, und das riesige Kulleraugen hatte.

„Kennen Sie das Bora-Bora in Downtown?" fragte sie mich schließlich. Ich merkte, daß es sie einige

Überwindung kostete, und sagte leise: „Tut mir leid, da muß ich passen."

„Liegt in der King Street. Sehr viel Militär. Meist Offiziere, wegen der Preise. Ich habe meine ersten Lieder dort gesungen, und ich war stolz darauf, denn im Bora-Bora hatten vor mir solche Berühmtheiten wie Melveen Leed und Karen Keawehawaii ihre ersten Schritt gemacht. Ich wurde dort schnell populär. Der Chef des Etablissements war der Bruder des Senators Kapono. Eines Tages lernte ich den Senator selbst kennen. Er war verheiratet ...."

Sie stockte. Starrte wieder auf das Wasser im Pool, als läge dort der Ausweg aus ihrem Dilemma.

Ich wollte nicht, daß sie weitersprach, ich hatte genug gehört, um mir den Rest zusammenreimen zu können. Senator mit Sängerin. Das gab dicke Lettern ab.

„Danke", stoppte ich sie. „Wir wollen es dabei belassen. Ich habe schon verstanden. War es das, was Imai gegen Sie auspacken wollte, wenn Sie beide nicht die Unwissenden spielten, während er ‚Aloha Records' kaputtmachte?"

Nach einer Weile antwortete Osborn: „Sie müssen die Stellung des Mannes bedenken, Mister Lim Tok. Ein Senator. Da ist ein Skandal schnell angerichtet. Er hätte den Mann zur Non-Personality gemacht."

Er brauchte mir das nicht zu buchstabieren, ich lebte in derselben Welt wie er, wenngleich ein paar Flugstunden entfernt. Und ich wußte schon auch, wie weit die Bigotterie unter Amerikanern ging, besonders wenn es sich um Politiker handelte. Die Heuchelei, bestehend aus Moralsprüchen. Ich hatte eine Menge solcher Geschichten miterlebt. Wenn ich nicht damals diesen hochgestellten Herrn in Hongkong bei einer Durchsuchung ausgerechnet in Unterhosen auf der Matte einer Prostituierten entdeckt hätte, rein zufällig und ohne Absicht, vielleicht wäre ich dann heute noch Polizist. Staatsdiener.

Hana Teoro hatte sich gefaßt. Sie sagte: „Ich hatte nicht damit gerechnet, daß es jemanden geben würde, der mich damit erpreßt. Nach den vielen Jahren. Und meinen Produzenten auch ..."
In das Schweigen, das danach entstand, bemerkte Kalapano gelassen: „Man täuscht sich in Menschen. Mancher ist ein Tier. Wogegen ein Tier nie vorspiegeln kann, daß es ein Mensch ist."
Aus dem Haus kam eine junge Hawaiianerin. Sie trug einen knallroten Mumu, diesen Kaftan, den die ersten Missionare für die Unbekleideten der Inseln erfunden hatten, und der sich später als eines der reizvollsten Kleidungsstücke der Welt erwies. Überall wurde er kopiert, leicht verändert, man machte ihn unter den phantasievollsten Bezeichnungen zur hochmodischen Angelegenheit, die jede Dame von Rang in ihrem Kleiderschrank haben mußte. Im Sommer am Strand auch auf ihrem Körper.
Die Hawaiianerin schwenkte ein schnurloses Telefon. „Ich suche einen Mister Lim Tok," krähte sie.
Als ich das Ding ans Ohr legte, vernahm ich die Stimme des Flughafenpolizisten Kaoli, der mir eröffnete, er werde jetzt eine Verbindung zu Detective Tamasaki in Honolulu schalten, der wünsche mich zu sprechen.
Sekunden später ertönte der Baß des mürrischen Mannes aus Oahu: „Ich weiß nicht, wen er angehen will, aber es kann sich sehr wohl um Sie oder um Osborn oder um die Sängerin handeln. Er ist in Lihue angekommen. Zimmer im ‚Hale'. Haben Sie eine Waffe?"
„Ich bin nicht scharf auf lebenslänglich", machte ich ihn aufmerksam. „Ich bin ein gesetzestreuer Tourist!"
„Sie sind ein Idiot! Wenn Sie Ärger vermeiden wollen, gehen Sie dem Mann aus dem Weg. Für Osborn und die Sängerin werden wir uns etwas einfallen las-

sen, das wird Kaoli erledigen. Was Sie angeht, kommen Sie am besten zurück, hierher. Ich möchte, bevor einer Sie durchlöchert, noch hören, was Sie herausgefunden haben. Aloha!"

Ein ausgesprochen liebenswürdiger Mensch. Selbst wenn er eine lebenswichtige Warnung aussprach, hörte es sich noch so an, als wolle er einen verklagen.

Kalapano und ich schafften es noch bei Tageslicht bis Lihue, und obwohl Kalapano sich höchst unzufrieden darüber zeigte, daß wir nun keine Chance mehr hatten, etwa zum Waimea Canyon zu fahren, zum Strand von Poipu und zu einem halben Dutzend weiterer Sehenswürdigkeiten, die ein Haole wie ich seiner Meinung nach unbedingt sehen sollte, um seinen Horizont zu erweitern, waren wir beide doch ganz froh, daß es am Flughafen eine Pilatus Porter gab, die wir kurz entschlossen charterten, und die uns in einer Stunde nach Honolulu brachte.

Leo Tamasaki saß schon in seiner Nische im „Trade Winds" und grinste eine Kellnerin an, die an den Tisch gelehnt vor ihm stand. Als er mich sah, winkte er, und die Kellnerin zog sich diskret zurück, um ein Bier für mich zu holen.

„Hier bin ich", bemerkte ich überflüssigerweise, aber das war nur die Einleitung zu meiner direkten Frage: „Beschäftigt sich die Polizei nun endlich von Amts wegen mit Blairs Verschwinden?"

Tamasaki hatte eine Naturbegabung, direkte Fragen zu überhören. Er wollte wissen, was ich bei Osborn erfahren hätte, bevor er sich äußerte. Wir tranken ein Bier, und dabei erzählte ich dem Detektiv, daß ich die Umstände des Verschwindens von Blair um einiges erhellt hatte. Wie ich glaubte.

Er hörte sich das an, schweigend, kratzte sich das Igelhaar und knurrte etwas Unfreundliches, das wohl nicht mir galt, und dann brummte er: „Also gegenseitige Erpressung wegen eines Stars, den der andere unter Vertrag haben wollte." Er machte ein Gesicht wie ein Mann, den die Welt bitter enttäuscht hat.

„Stars bringen Geld", machte ich ihn aufmerksam. „Blair wollte die Lee haben. Imai kannte ihre kleinen Geheimnisse und setzte sie unter Druck, bei seiner Firma zu bleiben. Das funktionierte solange, bis Blair den Spieß umdrehte und Imai mit dem erpreßte, was er aus Saigon wußte. Die Dokumente, mit deren Veröffentlichung er die Lee auch für Imai wertlos machen konnte, produzierten in dieser Geschichte so was wie ein Patt. Keiner konnte mehr einen Zug machen. Da lag Mord sozusagen in der Luft. Die Dokumente aus Saigon versteckte Blair am Anker seines Kabinenkreuzers. Klar, daß Imai sie haben wollte. Und die Lee behalten. Vielleicht die Teoro noch dazu bekommen. Da haben sie den Grund, weshalb Blair sterben mußte ..."

Tamasaki schluckte Bier und bemerkte beiläufig: „Der geborene Kriminalist. Respekt. Bleibt nur noch die geringfügige Frage, wer Blair denn nun wirklich abgemurkst hat, wenn das alles so ist, wie Sie sagen. Und in wessen Auftrag das geschehen ist."

Ich konnte mir ein Grinsen nicht verkneifen, ich vermeinte Neid zu spüren, und deshalb fragte ich den Detektiv: „Liegt das nicht auf der Hand? Muß man da nicht vom Motiv aus Schlüsse ziehen?"

Er blieb ruhig und klärte mich über etwas auf, das ich mir selbst hätte sagen können: „Motiv ist schon gut, großer Meister aus Hongkong. Aber ich bin Polizist. Und die Polizei braucht Beweise. Verständlich?"

So leicht wollte ich nicht nachgeben. Ich forderte ihn auf: „Fragen Sie Imai, warum ich in seinem neuen Disco-Etablissement niedergehauen und dann über die Kaimauer geworfen wurde. Mit einem Gewicht an den Füßen, das Henry Kalapano abschnitt. Wenn er nicht zufällig gesehen hätte, wie die mich ..."

Er unterbrach mich müde lächelnd: „Werter Herr Privatermittler, ich hörte, Sie sind selbst Polizist gewesen, möglicherweise erinnern Sie sich nicht mehr daran, daß man in einem solchen Falle wissen muß, wer ‚die‘ waren, und daß man das dem Staatsanwalt zu beweisen hat."

Dagegen ließ sich wenig sagen, und ich erkundigte mich: „Hat denn die Polizei zum Zwecke der Beweisführung den Mann, den ich für den Hauptverdächtigen halte, überhaupt unter Kontrolle?"

„Sie meinen Imai? Nix Kontrolle. Wir leben in einer Demokratie, auch wenn Sie das nicht für möglich halten. Da ist ein Mann unschuldig, solange man ihm nicht das Gegenteil bewiesen hat. Und als Unschuldiger darf er Urlaub machen. Wir wissen lediglich, daß Mister Imai zu diesem Zweck verreist ist."

„Ach!" machte ich. „Und dieser Mano sitzt drüben in Lihue und lauert, bis er vielleicht Osborn oder die Teoro umlegen kann, oder beide, als lästige Mitwisser!"

Tamasaki vertrug eine Portion Spott, er war als Polizist, wie ich sehr gut wußte, in einer belämmerten Lage, obwohl er in mir sozusagen einen halbamtlichen Ermittler hatte, der privat bezahlt wurde, von Laureen Blair, und den fünfzigsten Staat der Vereinigten nichts kostete. Nach einer Weile, in der er einiges Bier trank, machte er mir einen Vorwurf, der mir die Sprache hätte verschlagen können, wäre ich nicht aus Hongkong gewesen, wo es so gut wie nichts mehr gibt, was einem Mann die Sprache verschlagen kann.

„Mister Lim Tok, ich habe bis heute nichts weiter auf dem Tisch als eine Vermißtenanzeige. Von Ihnen liegt keine Anzeige über Ihr Abenteuer als Taucher im Bootshafen vor. Also gibt es für die Polizei keinen ausreichenden Grund, Ermittlungen gegen Personen einzuleiten, selbst wenn ich meine privaten Vermutungen in dieser Sache habe. Wir haben nicht einmal eine Leiche. Was machen Sie, wenn eines Tages Wesley Blair zu Hause auftaucht und sich bloß ein paar schöne Tage gemacht hat?"

„Ein dummes Gesicht", antwortete ich, weil es die einzige Antwort war, die darauf paßte. Aber natürlich war Tamasaki im Recht. Zumal die Polizei in Honolulu – wie überall auf der Welt – angehalten wurde, sparsam zu wirtschaften und kein Geld für nutzlose Untersuchungen zu verschwenden. Am liebsten sollte sie ja bei Verkehrssündern Strafen kassieren, das war die rationellste Beschäftigung für Beamte, die für diesen Trend persönlich wohl nicht verantwortlich waren, obgleich sie sich dabei wohlfühlten.

„Glauben Sie nicht, daß es höchst unwahrscheinlich ist, Wesley Blair noch einmal lebend zu sehen?" fragte ich.

Er gab zurück: „Wenn Sie mich privat fragen, ja." Er machte eine Handbewegung, die ich als Ausdruck einer gewissen Hilflosigkeit wertete, glättete sein Igelhaar, und dann sagte er: „Weil das so ist, mache ich Ihnen jetzt einen Vorschlag, der unter uns bleibt. Einverstanden?"

„Ich höre."

„Ich kann Osborn und die Teoro amtlich vorladen, zu einer Befragung. Das tue ich morgen früh."

„Na gut", stimmte ich zu. Herauskommen würde dabei wohl kaum etwas. Aber vielleicht brachte es die beiden außer Gefahr, wenn sie sich in Honolulu aufhalten mußten, anstatt in dieser wenig belebten Gegend auf Kauai.

Tamasaki sprach weiter: „Ich mache das nicht, um Ihnen Freude zu bereiten. Sie sollen arbeiten, für Ihr Honorar, und zwar auf einer Ebene, auf der die Polizei eben nicht arbeiten darf."

Worauf ich ihm versicherte: „Ich bin besser als jede Polizei, Detective!"

Er verzog nur die Mundwinkel, aber das konnte auch an dem letzten Rest Bier liegen, den er aus dem Glas schluckte. Er knallte das leere Glas auf den Tisch, daß die Kellnerin sogleich herbeieilte und es zur Theke schleppte. Mir scheint, sie machen in Amerika die Biergläser extra stabil, um maulfaulen Gästen die Bestellung zu erleichtern.

„Also", sagte Tamasaki feierlich, „morgen um zehn erscheinen zwei Polizisten im Ferienhaus der Osborns, oben im Hanalei-Tal. Präsentieren die Einladung zu einem Gespräch mit mir. Nehmen die beiden gleich mit nach Lihue. Das kann ich wegen der Gefährdung, die bei uns offiziell bekannt ist, verantworten. Sie werden in den Polizeihubschrauber gepackt, der um diese Zeit sowieso von Kauai nach Honolulu fliegt. Ich lasse sie hier abholen. Ist Ihnen klar, was Sie zu tun haben?"

„Nein", behauptete ich. Es war mir schon lieber, wenn er deutlicher wurde. Ich lasse mir nach einer solchen Sache nicht gern nachsagen, ich hätte entweder der Polizei ins Handwerk gepfuscht oder sie nicht unterstützt, je nachdem.

Tamasaki guckte mich abschätzend an, etwas grämlich, so als wolle er herausfinden, ob ich wirklich so dumm war, wie ich mich anstellte.

Die Kellnerin servierte ihm ein neues Bier. Er forderte sie auf: „Bringen Sie diesem Ausländer auch noch eins, damit sein Hirn endlich anfängt zu arbeiten!"

Zu mir sagte er, um Geduld bemüht: „Dieser Mano ... wir haben ihn leidlich unter Kontrolle. Keine Ahnung über Auftraggeber und Zielperson. Aber er hat sich erkundigt, wo Osborns Haus liegt. Für morgen früh hat er ein Auto geliehen. Wird am Vormittag irgendwann bei Osborns Haus ankommen, wie wir vermuten. Dort wird er von der Dienstmaid erfahren, daß die Polizei die Herrschaften nach Honolulu geholt hat. Das wird bei ihm Alarm klingeln lassen. Aufschlußreich, was er dann macht. Wahrscheinlich wird er nach Honolulu zurückfliegen, und wenn Imai tatsächlich sein Auftraggeber sein sollte, wird er von ihm erfahren wollen, was los ist. Ich drücke mich vorsichtig aus, wie Sie merken. Aber wir rechnen damit, daß Imai das sein könnte. Haben Sie Telefon?"

„Nein", mußte ich bekennen.

Er entschied: „Ich schicke Ihnen einen Beamten zu Kalapanos Boot. Wenn ich Zeit habe, will ich selbst kommen. Sie halten sich dort bereit. Der Beamte – oder ich – wird Ihnen dann sagen, wann Mano in Honolulu landet, mit der Linienmaschine oder mit einem Privatvogel, den er chartert. Was Sie dann, wenn er aussteigt, mit ihm machen, ist mir egal. Ich baue darauf, daß Sie ihn zum Reden bringen. Damit wären wir einen Schritt weiter. Zum Verhaften kommen wir dann immer noch zurecht. Und das machen wir. Die Polizei. Klar?"

Es gab nichts, was mir klarer gewesen wäre: Tamasaki benutzte mich. Aber vielleicht benutzte ja auch ich ihn. Denn es ist für einen Privatermittler aus einem anderen Land gar nicht so einfach zu arbeiten und dabei die Polizei gegen sich zu haben. Dann mochte sie schon lieber noch annehmen, sie könnte ein solches Dummerchen für sich laufen lassen!

„Mit dem, was Sie aus ihm herausquetschen können, sehen wir dann weiter. Sie können doch quetschen, oder?"

Er war sich voll bewußt, daß er mich sozusagen als außerplanmäßigen Polizisten einsetzen konnte. Ich gab ihm bescheiden Auskunft: „Vor allem darf ich das, im Gegensatz zur Polizei, die darf nämlich nicht quetschen. Meine frühen Vorfahren verstanden sich vermutlich besser auf dieses Handwerk, aber ich will sehen, was ich tun kann!"

Er nickte. Beobachtete, wie die Kellnerin mir das

Bier hinstellte, hob sein Glas und prostete mir zu: „Ich weiß das zu schätzen, Mister Lim Tok. Für mich als Beamten gibt es Sachen, an die darf ich nicht mal denken!"

Neuntes Kapitel

Kalapano erwartete mich schon. Er hatte in dem Postfach, das er gemietet hatte, nur eine einzige Bitte auf Unterricht im Surfen vorgefunden. Mußte an der hochsommerlichen Flaute liegen.
Wir ließen uns an Deck nieder und gaben uns auch der Flaute hin, während über Waikiki ein sprühfeiner Regen niederging, der nicht bis zu uns reichte, und dessen winzige Tröpfchen auch in Waikiki nicht den Boden berührten. Sie verdampften vorher. Ich setzte Kalapano ins Bild. Wie es aussah, hatten wir Arbeit vor uns. Und ich erfuhr, daß Henry Kalapano ganz gut wußte, wie man einen verstockten Mann zum Reden bringt.

„Ich bereite das vor", versprach er.

Dann erschien Kaana auf dem Steg mit einem Eimer Krabben, die schon gebrüht waren. Wir aßen die Dinger gleich an Deck. Mit Brot und Limonade. Ich habe selbst im feinsten Hotel, in das ich mich verirrte, nie vorher mit solchem Genuß Krabben gegessen. Aus einem Eimer!

Als nur noch ein Häufchen Schalen übrig war, rülpste Henry Kalapano anerkennend, entschuldigte sich, indem er sagte, er wollte eigentlich ein altes Gedicht als Nachtisch vortragen, und dann entschlossen wir uns, zum Händewaschen unter Deck zu gehen, während Kaana die Schalen über Bord fegte.

Ich hatte mit Kalapano darüber gesprochen, daß es gut wäre, eine Waffe zu haben. Er fand das auch, und er hatte gar keine Schwierigkeiten, eine zu besorgen. Als es schon dunkel war, ging er für eine Stunde von Bord, und als er zurückkam, hielt er mir einen Armee-Colt hin, der schon ein wenig abgenutzt aussah. Volles Magazin mit Geschossen von knapp zwölf Millimeter Durchmesser, die, wie ich wußte, faustgroße Löcher an der Körperseite hinterließen, an der sie wieder austraten.

Ich war nie ein Freund von Automatics gewesen, bevorzugte kurzläufige Revolver, wenn es denn überhaupt eine Schußwaffe sein mußte. Aber dieses Ding, das lange Zeit zur Standardausrüstung der US-Army gehört und das vermutlich ein Soldat versilbert hatte, würde für den Zweck, für den es gedacht war, genügen. Es schüchterte ein, wenn man nur in die Mündung blicken mußte.

„Kostet?"

Kalapano schüttelte den Kopf. „Geborgt. Ist nicht verkäuflich. Und wenn du Patronen verbrauchst, mußt du sie bezahlen ..."

Ich hoffte, ich würde keine brauchen.

Tamasakis Bote kam, nachdem Henry Kalapano das Boot verlassen hatte, um noch ein paar Besorgungen zu machen. Unter anderem wollte er aus einem Schlachthaus, von dem Kaana Fleisch bezog, einen Eimer voll Hühnerblut holen, weigerte sich jedoch standhaft, mir zu erklären, wozu er das brauchte.

„Einen Gruß von Detective Tamasaki!" Der Bote war Zivilpolizist. Ehe ich „Danke" sagen konnte, teilte er mir mit: „Die fragliche Person wird mit einer Chartermaschine von ‚Inter Islands' um zwölf Uhr von Lihue nach Honolulu abfliegen. Detective Tamasaki hat mich beauftragt, auf dem Flugplatz dafür zu sorgen, daß Sie ungestört mit der Person sprechen können ..."

Eine feine Art, das auszudrücken, was da laufen sollte. Der Bote zog sich zurück, wahrscheinlich hatte er von Tamasaki den Auftrag erhalten, möglichst unsichtbar zu sein, damit niemand der Polizei später nachsagen konnte, sie habe sich in eine Sache eingemischt, die sie nichts anging, und überdies Dienstvorschriften übertreten. Ganz abgesehen von der Verletzung verfassungsmäßiger Rechte und ähnlicher Ansprüche.

Kalapano kam mit dem Hühnerblut und stellte den Eimer in eine Ecke unter Deck. Wir hatten noch eine Stunde Zeit, aber wir entschlossen uns, bald abzufahren. Auf den Straßen nach Honolulu Airport gab es zuweilen Staus, die mehrere Kilometer lang waren.

Ich trug vorsichtshalber wieder meinen blauen Monteuranzug. Auf dem Flugplatz fiel es uns gar nicht schwer, zu dem Platz zu gelangen, an dem die gelandeten Vögel der Inter Islands abgestellt wurden. Wir suchten uns einen Gepäckkarren und hockten uns darauf, bis wir die kleine Piper landen sahen.

Der Pilot lenkte sie gemächlich bis zu uns. Tamasakis Bote hatte wohl in der Zwischenzeit dafür gesorgt, daß uns niemand besondere Beachtung schenkte.

Mano war ein überraschend unscheinbarer Mann. Er war klein, mit übergroßen Ohren ausgestattet und sorgfältig frisiertem Kraushaar, unauffällig gekleidet und offenbar arglos. Er trug einen Reisekoffer, und ich hoffte, daß er darin seine Waffe hatte. Vor Charterflügen wurden die Passagiere zwar nicht wie im Linienverkehr streng auf mitgeführtes Eisen untersucht, aber es war nicht sicher, ob Mano das wußte. Wenn nicht, würde er vorsichtig sein.

Wir waren es auch. Kalapano schob den Karren auf die Maschine zu. Ich saß lässig am Rand der Plattform, und erst als Mano abwinkte, stieg ich ab, legte die Hand ans Ohr und tat so, als habe ich nicht verstanden.

Auf diese Weise stand ich, ohne daß er Grund gehabt hätte, Verdacht zu schöpfen, plötzlich vor ihm und bot ihm an: „Wir helfen gern, Sir!"

Er wollte etwas sagen, aber er verschluckte es, denn er sah in die Mündung meiner Pistole, und ich konnte förmlich spüren, daß ihm kalt auf dem Rücken wurde, obwohl die Sonne unbarmherzig brannte.

„Waffe?" fragte ich.

Er schüttelte den Kopf. Kalapano trat von hinten an ihn heran und tastete ihn ab. Dann nahm er den Koffer und öffnete ihn. Da lag, in ein Tuch eingeschlagen, obenauf eine sehr schöne, mit Schalldämpfer versehene Beretta. Auch nicht gerade ein Spielzeug.

„Was ... wollen Sie?" konnte der total verblüffte Mano schließlich murmeln.

Ich bekam mit, daß hinter uns der Bote Tamasakis mit dem Piloten der Piper verhandelte, und mir fiel ein, daß der Mann als Zivilpolizist ja die Handfesseln in den Gürtel geklemmt tragen mußte.

Ich ging die paar Schritte zu ihm und lieh sie mir aus, wobei ich ihn aufklärte: „Wir haben vergessen, welche zu besorgen. Und jetzt ist da ein Ehrengast, dem möchten wir angemessen die Vorderläufe schmücken ..."

Er schüttelte mißbilligend den Kopf, aber er gab mir die Eisen. Luxusausführung für Honolulu, verchromt, mit einem Schloß, das mir kompakter zu sein schien, als die Tresorschlösser daheim in Wanchai. Ob sie die aus dem Fundus einer Filmgesellschaft hatten? Nur das beste für den fünfzigsten Bundesstaat!

Mano wollte ausweichen, aber der hinter ihm stehende Kalapano griff in sein Kraushaar und zog, so daß ich leichtes Spiel hatte, ihm die Schellen anzulegen. Der Bote Tamasakis verschwand, und auch der Pilot schien plötzlich dringend in der Kabine zu tun zu haben.

Wir fuhren Mano und seinen Koffer zur LAUREEN. Dafür hatten wir uns entschieden, weil sie bessere Möglichkeiten bot, einen Gefangenen unter Deck zu halten, und weil außerdem Kaana am Abend heimkommen würde – sie sollte den Anlegeplatz von Kalapanos Boot nicht leer vorfinden. Aber wir hatten nicht mit der Schläue von Detective Tamasaki gerechnet ...

Mano, der uns noch mehrmals mit wachsender Erregung fragte, was wir denn eigentlich von ihm wollten, machten wir so am Mast fest, daß er auf Zehenspitzen stehen mußte, was, wie wir wußten, auf die Dauer selbst einen sehr verschlossenen Mann so gesprächig machen kann, wie eine Hakka-Waschfrau zu Hause in den New Territories.

Kalapano prüfte Motor und Tanks und fand alles seeklar. So mußte er nur noch einmal zu seinem Boot, um ein Dutzend Bierbüchsen und den Eimer mit dem Hühnerblut zu holen, von dem ich immer noch nicht wußte, was er damit anfangen wollte.

Ich überzeugte mich davon, daß Mano artig auf den Zehenspitzen stand, überhörte einen Fluch, den er mir nachschickte, und stieg in den Salon hinunter.

Leo Tamasaki verzog nicht einmal das Gesicht, als ich eintrat. Er saß in einem der bequemen Sessel und hatte ein leeres Bierglas vor sich auf dem Tisch stehen. Unbenutzt. Offenbar hatte er es aus dem Gläserschrank genommen, um sich ein Bier zu gönnen, und dann erst, als er den Kühlschrank öffnete, festgestellt, daß da keins war.

„Hallo", bemühte ich mich möglichst gleichmütig zu sagen, als hätte ich ihn hier erwartet. „Haben Sie nicht noch ein paar Getränke von Blair gefunden?"

Er sah durch mich hindurch, überhörte meinen Spott und fragte scheinheilig: „Zu wem sprechen Sie? Ich bin nicht hier! Es ist überhaupt außer Ihnen und Ihrem Helfer und dem Filipino kein Mensch an Bord!"

Ich entschloß mich, das Spiel mitzumachen und gab im gleichen Tonfall zurück: „O.K., Sir. Wir werden unser Bier allein trinken. Wenn Sie Durst kriegen, läuten Sie nach der Bedienung für Gespenster!"

Er knurrte etwas, sagte aber dann versöhnlich: „Ich bin amtlich nicht hier. Aber ich muß verhindern, daß der Mann nach eurer Behandlung nicht mehr lebt. Weil – er wird noch als Zeuge gebraucht ..."

„Wenn er gesprochen hat?"

Er wiederholte: „Ja, wenn er gesprochen hat. Aber auch, wenn nicht!"

Ich bemerkte: „Vielleicht weiß er ja sogar, wo sich Mister Imai aufhält, falls wir den brauchen!"

„Das weiß ich!" teilte mir Tamasaki feixend mit. „Aber das erfahren Sie erst, wenn Sie den Filipino zum Reden gebracht haben."

„Oder nicht?"

„Oder nicht."

„Ohne Zeugen?"

Er tat erstaunt: „Was wollen Sie? Ich bin nicht hier! Kenne Sie überhaupt nicht. Glaube auch nicht, daß Sie mich kennen ... sollten!"

An Deck hörte ich Kalapano den Gefangenen anpöbeln. Vorsichtshalber stieg ich hinauf und flüsterte ihm zu: „Wir haben Besuch. Mann des Gesetzes. Aber er ist taub, stumm und blind."

„Sind die das nicht immer?" erkundigte sich Kalapano grinsend. „Und außerdem dumm?"

„Wir können ablegen", schlug ich vor, um weitere Beamtenbeleidigungen zu vermeiden. Kalapano übernahm es, den Motor zu starten. Bevor er im Ruderhaus verschwand, rief er mir noch zu: „Mach die

Leinen los! Wir halten auf Diamond Head zu. Da hinten, in der Mauna Lua Bay haben wir Ruhe. Da können wir ihn dann über Bord schmeißen, dort gibts mehr Haie als meine Großmutter Haare auf dem Kopf hat!"

Dabei warf er einen Seitenblick auf Mano, der hilflos die Zähne fletschte. Sie waren ziemlich braun vom Rauchen. Ich ging auf das Spiel Kalapanos ein: „Meinst du, die mögen so ein Stück Aas, das andere Leute für Geld umbringt?"

Todernst wies mich Kalapano an: „Mach endlich die Leinen los! Wir werden ihn so zurechtmachen, daß er eine Delikatesse ist, für jeden Hai, auch für jeden satten!"

Ich nahm, als die Leinen los waren, den Karton mit den Bierbüchsen unter den Arm und stieg in den Salon hinunter. Tamasaki, als er mich sah, schüttelte grinsend den Kopf und meinte: „Da sagen die Leute, die Hawaiianer wären ein gemütlicher Menschenschlag! Könnten niemandem auch nur ein Haar krümmen!"

Ich machte ihn aufmerksam: „Irrtum, die haben auch den alten Cook schon gemeuchelt. Noch bevor ihre Frauen Mumus tragen mußten. Wir in Hongkong wissen das!"

Er goß das Bier aus der Büchse, wie es feine Leute zu tun pflegen, in das Glas auf dem Tisch, und dann trank er es auf ein Ansetzen aus. Schmatzte. Wischte sich die Lippen mit einem Taschentuch ab, das mir ziemlich düster aussah.

„Sie haben für jemanden, der gar nicht da ist, einen bemerkenswerten Zug", konnte ich mir nicht verkneifen festzustellen.

Es war, als habe er gewartet, bis wir im tiefen Wasser waren, ehe er sachlich wurde. Der Motor brummte gleichmäßig, und das Boot wiegte sich genau in der Art, in der sich ein gediegenes Seefahrzeug dieser Größe im ganz leichten Wellengang zu wiegen hat.

„Also", sagte er bedeutungsvoll, nachdem er eine zweite Büchse Bier geleert hatte, „ich habe über das Verschwinden Blairs, das nun schon eine Weile zurückliegt, heute seine Sekretärin vernommen ..."

„Miß Hall?"

„Ich dachte mir beinahe, daß Sie schon die Ehre mit der Dame hatten. Sie kennen wohl inzwischen jede Blondine auf der Insel?"

Ich stritt das anstandshalber ab, obwohl ich sehr gut weiß, wie schön sich Legenden machen. Aber als er weitersprach, wurde mir klar, daß ich vergessen hatte, eben jener Miß Hall eine wichtige Frage zu stellen, die nicht ihren Chef betraf, sondern dessen Widersacher Imai. Jetzt bewies mir Tamasaki, daß er cleverer gewesen war als ich, und daß die Dame über Imai etwas zu sagen gehabt hatte, was uns helfen konnte. Zunächst einmal, ihn zu finden.

„Kennen Sie Chinamans Hat?" wollte der Detektiv wissen.

Ich hatte auf dem Weg nach dem Polynesischen Kulturzentrum diesen Namen gelesen, auf einem Wegweiser, und erinnerte mich. Als ich es ihm jetzt sagte, nickte er: „Zehn Minuten hinter Kaneohe gibts eine Station mit Booten, die Ausflügler nach Chinamans Hat bringen. Das ist eine kleine Insel da oben. Glasbodenboote fahren auch dahin. Rundherum Korallenriffe, da gibts was zu sehen, für die Touristen, die Korallen ohnehin eher für ein Zahlungsmittel halten."

„Wollen Sie andeuten, Imai ist auf dieser Insel abgetaucht?"

Er lachte. „Er macht dort Pause. Besitzt auf der Insel einen luxuriösen Bungalow."

„Und den kennt Miß Hall?"

„Miß Hall hat von Wesley Blair mal gehört, daß Imai mit seiner Jacht ‚Shikoku' nach Chinamans Hat ausweicht, wenn er seine Ruhe haben will. Auch schon mal mit Leuten, die einen Vertrag mit ihm ausknobeln wollen ..."

„Oder mit einer Sängerin?"

„Sie haben eine schmutzige Phantasie, Mister Lim Tok aus Hongkong!"

„Um bei der Sache zu bleiben – man kann ihn dort finden, wenn man ihn sucht? Ist es das?"

„Man sucht ihn dort besser nur, wenn man genug Dreck in der Hand hat, um ihn anzuschmieren. Habe ich mich verständlich ausgedrückt, trotz der katastrophalen Trockenheit hier an Bord, die einem das Sprechen zur Qual macht?"

„Sehr verständlich", bestätigte ich ihm und stellte eine neue Büchse Bier aus dem Karton auf den Tisch. Er leerte sie langsam in das Glas und trank wie ein Kamel, das man vierzehn Tage ohne Wasser durch die Gobi getrieben hat.

„Ich werde hier unten bleiben, mein lieber Mister Lim Tok", teilte er mir dann mit. „Ich möchte vermeiden, daß der Mann mich erkennt, weil ich ihn vermutlich nach eurer Behandlung amtlich vernehmen werde. Aber nicht hier an Bord. Also – lassen Sie ihn in einem Stück, verstehen wir uns? Dafür werde ich dann etwaige Beschwerden, die er vorbringt, als Lügen zurückweisen ..."

Ich merkte, daß der Motor gedrosselt wurde und dann ganz schwieg. Das Boot dümpelte leicht. Es war Zeit, an Deck zu gehen.

Schnell versicherte ich Tamasaki: „Ich werde mäßigend auf das heitere Gemüt des Hawaiianers einwirken. Wenn Mano redet ..."

Wir lagen weit draußen in der Bucht von Mauna Lua. Im Westen war der Diamond Head hinter dünnen Federwolken zu sehen, ein gezähmter, begrünter Krater. Weit östlich, auf der Landspitze, fing der Koko Head schräges Licht ein. Es war die Zeit, zu der sich die Segelboote, wenn sie überhaupt so weit hinausfuhren, zur Heimkehr anschickten. Weit und breit war kein Segel mehr zu sehen. Kalapano hatte die Gegend mit Bedacht ausgewählt. Von irgendwoher schleppte er eine noch unbenutzte Teerbürste an, griff sich den Eimer mit dem Hühnerblut, und dann sah er mich erwartungsvoll an. Fragte fröhlich: „Legen wir los?"

„Mach ihn vom Mast ab", ordnete ich an.

Ich war gespannt zu erfahren, was das Hühnerblut sollte, denn das hatte Kalapano mir immer noch nicht verraten. Erst viel später, sah ich ein, daß ich das eigentlich hätte wissen sollen. Oder erraten, denn so schwer wäre das nicht gewesen.

Mano konnte nicht stehen. Die Beine versagten ihm nach dem langen Spitzentanz den Dienst. Er kauerte sich hin und riß die Augen auf, als Kalapano auch noch ein Seil brachte, in das er geschickt eine Schlinge knüpfte, die er unter Manos Achseln durchzog.

Ich begriff, was der Hawaiianer beabsichtigte und wandte mich gelassen an Mano: „Sie sind für eine bestimmte Arbeit engagiert worden, das haben wir zuverlässig erfahren. Eine Arbeit mit Pistole. Die Pistole hatten Sie ja auch bei sich. Vom wem wurden Sie engagiert?"

Er wand sich. Sagte kein Wort.

Kalapano tauchte die Teerbürste in das Hühnerblut und ließ es dem Filipino über den Kopf laufen, ohne ein Wort zu sagen. Er machte ein Gesicht dabei, als ob er ein zu bratendes Huhn mit Öl einpinselte. Endlich begriff ich, was das Blut sollte.

„Wer war das Zielobjekt?" Mano schwieg.

Wie auf Verabredung warf Kalapano ein: „Osborn, ist doch klar! Er muß weg. Dann kann Imai die Sängerin an Land ziehen, die hat ja Angst wie ein Frosch vor der Schlange!"

Ich sah Mano an. Sein Gesicht war voller Hühnerblut, es lief ihm über den Hals in den Hemdkragen.

Kalapano stippte die Bürste schon wieder in den Eimer und verpaßte ihm eine weitere Ladung.

„Wissen Sie, weshalb er Sie so mit Blut tränkt?" fragte ich den Filipino. Er schwieg immer noch.

Ich klärte ihn auf: „Das Blut macht den Haien Appetit. Kennt man den Trick auf den Philippinen nicht?"

Er knurrte etwas. Kalapano pinselte ihn seelenruhig weiter ein, vom Hals abwärts.

Dann zerrte er ihn an dem Seil hinter sich her zur Reling.

„Sie können noch reden", ermunterte ich Mano. „Wir wollen Sie nicht unbedingt an die Haie verfüttern, wir wollen aber den Namen Ihres Auftraggebers erfahren. Wenn Sie ihn sagen, ersparen wir Ihnen die Haie. Den Auftraggeber und die Zielperson ..."

Als wieder keine Antwort kam, gab ich Kalapano ein Zeichen. Sagte, um die Sache scharf erscheinen zu lassen: „Tauch ihn ein!"

Zu Mano bemerkte ich: „Sie brauchen nicht etwa um Hilfe zu schreien. Es hört Sie hier niemand. Aber bis zum ersten Hai haben Sie immer noch die Chance, zwei Namen zu rufen. Laut und deutlich. Wenn wir die hören, ziehen wir Sie wieder hoch."

Kalapano hätte einen blendenden Pokerspieler abgegeben. Er hob den Filipino an, ohne das Gesicht zu verziehen. Er hätte mit keinem gleichgültigeren Gesicht Abfall über Bord kippen können, als er es machte, während er Mano langsam über die Reling gleiten ließ.

Der Körper des Filipinos tauchte ins Wasser. Ich hielt Ausschau nach Haien.

Kalapano bemerkte zu mir gewandt gelassen: „Es dauert eine Weile."

Dabei bemühte er sich, Mano, der sich nicht bewegen konnte, gerade noch mit dem Kopf über Wasser zu halten. Eine Weile geschah nichts. Dann hatte

Kalapano plötzlich den Einfall, laut zu rufen: „Da ... der erste kommt!"

Gleichzeitig wies er mit dem ausgestreckten Arm aufs Meer hinaus. Dramatische Geste. Sie tat den Trick.

„Bitte!" krächzte Mano von unten. Sein Gesicht war verzerrt. Eine alte Erfahrung bestätigte sich für mich: Killer, so abgebrüht sie sich auch geben, sind von Natur Feiglinge. Bei Gefahr für ihr eigenes Leben werden sie ziemlich kleinlaut und zittern vor Angst.

„Ich sage alles! Bitte!"

Kalapano heizte seine Angst an, indem er mich anbettelte: „Ach, laß ihn doch noch ein bißchen unten! Bitte, bitte! Es ist ein solcher Prachtkerl von einem Hai, der da kommt. Und es ist immer ein so schönes Bild, wenn so ein edles Tier halb aus dem Wasser schießt, um zuzuschnappen! Er legt sich etwas schräg dabei ..."

Ich konnte die Verzweiflung Manos förmlich riechen. Zu Kalapano sagte ich: „Zieh ihn hoch. Wenn er lügt, bleibt dir der Spaß immer noch."

Henry Kalapano hatte bessere Augen als ich, er hatte tatsächlich eine Rückenflosse gesehen, und als wir Mano gerade über die Reling zogen, schoß der erste Hai unten durch das Wasser, vom Geruch des Hühnerblutes angelockt.

Der Filipino schloß gottergeben die Augen, als wir ihn oben an die Reling lehnten. Wenn er Christ ist, wie die meisten Leute auf den Philippinen, dachte ich, wird er jetzt beten. Ich ließ ihm eine Weile Zeit dafür. Dann meldete ich mich: „Ich höre!"

Er schluckte. Seine Stellung an der Reling war nicht gerade bequem. Und immer noch war sein Gesicht rot vom Hühnerblut. Zögernd rang er sich dazu durch, zu sagen: „Der mit dem Schnurrbart ..."

„Und weiter?"

„Der Japaner."

„Na also! Was zahlt der Japaner?"

Er sah mich verwirrt an. Stotterte, mit einem scheuen Seitenblick über die Reling hinweg, wo unten der Hai seine Kreise zog: „Der Japaner, den sollte ich ja ..."

Ich horchte auf. Wollte der Kerl uns selbst angesichts des auf ihn lauernden Hais noch belügen?

„Nochmal!" forderte ich. „Und ganz laut und deutlich."

Er holte tief Luft. Dann sagte er: „Der Japaner ist die Zielperson. Name ist Imai. Auftrag gibt Schnurrbart. Name ist Osborn."

Das war eine Wendung, die mich völlig überraschte. Zumal ich nicht damit rechnete, daß der Filipino angesichts des schon auf ihn lauernden Hais etwa log. In solchen Situationen pflegen Ganoven die Wahrheit zu sagen.

Ich blickte verblüfft auf Kalapano. Der verzog die Mundwinkel. Alle Denkmuster, die wir gehabt hatten, waren Schrott. Wohl auch die von Detective Tamasaki, wenn ich mich nicht sehr irrte.

„Wiederholen!" forderte ich Mano auf. Er wiederholte folgsam, er sei von Mister Osborn engagiert worden, um Imai zu beseitigen. Das wollte erst verdaut werden. Ich stellte mir vor, was für Augen Tamasaki jetzt da unten im Salon machte. Wie hing das nur zusammen? Wie hatten wir uns so irren können?

Ich machte den Versuch, den Filipino weiter auszuforschen. Es gab schließlich den verschwundenen Ehemann, dessentwegen ich eigentlich hier war.

„Und Mister Blair?" fragte ich Mano. „Sie wissen, von wem ich rede? Der Amerikaner, der in Waialae wohnte ..."

Er hauchte schnell: „Das war vorher!"

„Und das bezahlte Imai, oder?"

Er nickte. Aus den Haaren lief ihm über die nur sehr schwach wahrnehmbare Stirnnarbe, die mir Tamasaki als Erkennungszeichen geschildert hatte, immer noch Hühnerblut auf das Gesicht, in die Augen. Mein Instinkt sagte mir, daß er die Wahrheit gesprochen hatte. Immerhin eine Wahrheit, mit der keiner von uns gerechnet hatte, die alle Vermutungen, denen wir nachgejagt waren, auf den Kopf stellte.

„Was wolltest du bei Osborn auf dessen Landsitz, oben im Hanalei-Tal?"

„Mister Imai nicht zu finden, in Honolulu. Ich will Mister Osborn fragen, wo ist er. Mister Osborn verreist. Ich muß Auftrag ausführen. Deshalb ich nachfahren, zu Bungalow in Hanalei ..."

Das Dunkel lichtete sich. „Wo hast du Mister Blair umgeschossen?"

Es kam keine Antwort, und ich gab kurzerhand Kalapano das Zeichen, den Filipino nochmals über die Reling zu hieven. Als Manos Füße sich noch etwa einen Meter über dem Wasser befanden, schrie er angstvoll: „Halt! Bitte! Ich mache das in Studio von Mister Imai, wenn Mister Blair kommt zu Besuch und wartet in Vorzimmer ..."

Dort wo sie mich umgeschlagen hatten! Was hatte ich für ein Glück gehabt!

Es war mir, als hörte ich von unten aus dem Salon ein Räuspern.

„Schnalle ihn wieder an den Mast!" wies ich Kalapano an.

Der zog den Filipino murrend hoch. Ich verstand gerade noch, wie er murmelte:"Viel länger hätte ich ihn gar nicht halten können, das Seil rutscht ..."

Leo Tamasaki grinste mich fröhlich an, als ich über die letzte Stufe in den Salon trat. Ich sah, daß er inzwischen mehrere Büchsen Bier geleert haben mußte.

„Das hätten wir beide nicht gedacht, wie?" empfing er mich.

Ich machte ihn aufmerksam: „Eigentlich müßten Sie das Bier schmeißen, nicht ich – schließlich habe ich zusammen mit Kalapano für die Polizei die Arbeit gemacht. Die Dreckarbeit sogar!"

Er hörte nicht auf zu grinsen. „Aber die habt ihr beide hervorragend gemacht! Hätte kein Polizist besser machen können. Abgesehen davon, daß ein Polizist das gar nicht hätte machen dürfen! Dienstvorschriften! Heiliges Wort. Kommt gleich hinter der Bibel!"

„Wunderbar. Jetzt locht ihr Mano ein, und dann Osborn und Imai, und jeder wird die Weisheit der Polizei von Honolulu besingen. Aber an uns wird keiner denken. Uns gibts überhaupt nicht! Keiner fragt nach unbekannten Helden ..."

„Mag sein", gab er zu. „Aber die Leute werden schon nach etwas fragen. Nämlich wo denn eigentlich die Leiche von Blair ist. Ohne Leiche ist das Gestammel dieses Herrn Killers nicht soviel wert wie eine Blume am Hut!"

Zehntes Kapitel

Er behielt recht. Mano, kaum daß er von der Polizei Honolulus in Haft genommen war, bekam Besuch vom Anwalt des Studios „Southern Islands", und mit dessen Hilfe widerrief er alles, was er vor der Polizei ausgesagt und vor uns zuvor zugegeben hatte. Was blieb, war eine Anklage wegen unbefugten Waffenbesitzes.

Sie behielten ihn in Haft. Eine Kaution wurde abgelehnt. Osborn wurde vernommen, ohne daß er etwas von Manos Geständnis erfuhr. Er kam ebenfalls sofort in Haft. Hana Teoro sagte kein Wort. Die Polizei ordnete an, daß sie sich auf absehbare Zeit in Honolulu aufzuhalten hätte.

Als ich nach Waialae kam, fand ich eine sehr still gewordene Laureen vor.

„Ich beginne damit, mich abzufinden, daß ich Witwe bin", sagte sie traurig, nachdem ich ihr berichtet hatte, was in der Zwischenzeit gelaufen war.

Sie schüttelte hilflos den Kopf, als sie von der Aussage Manos hörte. Aber sie wollte das alles noch nicht so recht glauben. Ich sagte ihr, bevor ich, vorbei an dem Dalmatiner das Haus verließ, wir würden in den nächsten Tagen alles mögliche unternehmen, um herauszufinden, wo die Leiche Wesleys geblieben war, nachdem Mano, wie er selbst zugab, ihn erschossen hatte.

Einen Plan dafür hatte ich inzwischen. Und Kalapano würde dabei sein, er brannte darauf, die Lösung des letzten Rätsels mitzuerleben. Was hätte ich nur ohne diesen Burschen hier in Honolulu angefangen!

Laureen Blair sah mir betrübt nach, als ich davonging. Ich winkte zurück. Was würde aus ihr werden? Aus der Firma? Zumal zu erwarten war, daß der Geschäftsführer Osborn vermutlich wegen Anstiftung zum Mord verurteilt werden würde.

Er hatte der Erpressung Hana Teoros durch Imai zuvorkommen wollen, indem er Mano auf Imai ansetzte. Ob wir oder die Polizei jemals herausfinden würden, woher er den Killer kannte?

Nach einem letzten Blick auf Laureen, die einsam in der Tür ihres Anwesens stand, das durch seine Mächtigkeit einfach verbot, schlicht ein Haus genannt zu werden, wurde mir klar, daß ich sie bedauerte.

Der Dalmatiner saß so still neben ihr, daß man ihn für eine dieser kitschigen Porzellanfiguren der Luxuspreislage halten konnte, die man in den Nobelgeschäften findet, und bei denen ich den Verdacht nicht loswerde, daß Leute mit großen Gärten sie dort lediglich aufstellen, um auf sie zu schießen. Oder um ihren Nachbarn herauszufordern, sich ebenfalls in Unkosten zu stürzen, weil man ja gleichziehen muß!

Tamasaki hatte mich auf die Fluggesellschaft „Hilo" aufmerksam gemacht, die mit kleinen Hughes-Hubschraubern die Insel Mokolii anflog, die wegen ihrer Form im Volksmund allgemein „Chinaman's Hat" genannt wurde – der Hut des Chinesen.

Der Pilot, der sich meinen Wunsch anhörte, war ein Veteran aus zwei Kriegen, der zwar nicht den Eindruck eines abenteuernden Aussteigers machte, dessen Zusage, mir zu helfen aber immerhin auf ein gesundes Maß Risikobereitschaft deutete.

Er kannte nicht nur „Chinaman's Hat", sondern auch die Plätze, an denen die seetüchtigen Jachten lagen, deren Besitzer meist Bungalows auf der Insel hatten. Und die „Shikoku" kannte er auch.

„Das ist eines der elegantesten Fahrzeuge hierherum", meinte er. „Soll ein reicher Fabrikant sein, der Eigentümer. Ist in Japan gebaut worden, wie ich hörte."

Er sah kein Problem darin, die Jacht zu finden. Wie er mir anvertraute, hatte er im letzten Krieg viel kleinere Objekte aus der Luft ausmachen müssen. Er nahm zur Kenntnis, daß ich Detektiv war und aus Hongkong. Nur mit der hiesigen Polizei, so bedeutete er mir, müsse ich selbst zurechtkommen, da könne er mir nicht helfen. Keine Freunde.

Ich beruhigte ihn, die Sache sei nicht etwa ungesetzlich, im Gegenteil. Obwohl es mir immer schwerer fiel einzusehen, daß ich hier, von Laureen Blair bezahlt, letztlich das Geschäft der einheimischen Polizei besorgen sollte, die sich immer noch hinter der Ausrede verschanzte, es sei keine Leiche gefunden worden. Ich gab mir Mühe, darüber nicht mehr nachzudenken. Schließlich war Laureen Blair Bürgerin der Vereinigten Staaten, nicht ich, und es war ihre Sache, Tatenlosigkeit der Polizei zu beanstanden – ich bekam mein Honorar, und damit war für mich die Sache erledigt. Ich konnte schon froh sein, daß die Polizei mir nicht kleinlich Steine in den Weg rollte.

Und zu meinem Glück war Leo Tamasaki ein Verbündeter, der mir eher Tricks wies, als daß er mich behinderte.

„Wann fliegen wir ab?" wollte der Pilot wissen.

Ich setzte den nächsten Vormittag fest. Kalapano würde mit von der Partie sein, und darüber war ich sehr froh.

Wir blickten auf das leicht gewellte Meer hinunter, in dem es hier und da ein Segel gab oder ein Motorboot mit einer langen Fahne von Kielwasser. Links lag die Küste mit ihrer schäumenden Brandung, den Sandstränden, eingerahmt von Reihen himmelhoher Palmen. Dahinter gab es Siedlungen, kleine Städte.

Kahaluu, Waiahole, und dann tauchte rechts die Insel auf.

Wer sie aus der Luft sah, begriff sofort die Bezeichnung, denn sie ähnelte in ihrem Umriß in der Tat dem kegelförmigen Reisstrohhut chinesischer Bauern. Eine Ferieninsel, das sah man von oben. Bungalows in ziemlicher Entfernung vom Strand, einige Ansammlungen stabiler Bauten, und mehrere ins Küstenwasser hinausgebaute Molen, an denen die bunten Wasserfahrzeuge festgemacht waren.

Das alles, auch den Kranz der Riffe, die um das Eiland herum lagen und Lagunen schufen, in denen das Wasser einem Spiegel glich, war aus dem Hubschrauber zu erkennen, der über Mokolii kreiste, und es machte einen idyllischen Eindruck. Ein Eiland wie aus dem Bilderbuch.

„Alles gesehen?" erkundigte sich der Pilot nach einigen Runden.

„Bis auf diese ‚Shikoku'", sagte Kalapano. „Ich denke, Sie kennen sie?"

Der Pilot zog, ohne zu antworten, noch eine Kurve, bis er über einer der Molen war. Da wies er nach unten.

„Die mit dem hellen Deck und den grünen Streifen um den Rumpf!"

An Deck war niemand zu sehen. Der Pilot erkundigte sich: „Kennen Sie den Bungalow des Herrn, dem das Boot gehört?"

„Sie kennen ihn wohl?"

Es stellte sich heraus, daß er tatsächlich wußte, wo er lag.

„Ich fliege oft genug Leute hier durch die Gegend, und ich höre zu, wenn sie reden. Natürlich weiß ich, wo der Eigentümer der ‚Shikoku' sein Domizil hat. Ein ziemlich schönes Domizil ..."

Er machte uns auf einen flachen Bau aufmerksam, der in einem parkähnlichen Gelände lag. Ein idyllischer Ruheort.

Ich sah die schmale Fahrstraße, die in geziemender Entfernung an dem Grundstück vorbei zur Küste führte, und zwar an eine Stelle, die nicht weit vom Anfang der Mole lag, an der die „Shikoku" vertäut war.

Viel mehr war wohl aus der Luft nicht auszumachen, und als der Pilot vorschlug, an einem Platz zu landen, den er schon öfters benutzt hatte, und von dem er meinte, er läge günstig, stimmte ich zu.

Ich bezahlte den Flug. Auch den Rückflug, ohne daß wir ihn brauchten, denn wir rechneten da mit anderen Möglichkeiten. Der Flieger schätzte sich glücklich, so spendable Passagiere zu haben. Er versicherte, er werde vorsichtshalber genau vierundzwanzig Stunden am Flugplatz warten, falls wir ihn doch noch brauchen würden. Der Flug sei ja bezahlt. Falls wir nicht kämen, würde er sich dann für den Rückflug andere Passagiere suchen. Die zu finden, war auf einem solchen Ferieneiland nicht schwer. Als wir ihm endlich klarmachen konnten, er habe uns nun genug gedankt, ließ er den Helikopter steigen, und wir machten uns auf in Richtung Strand.

Eine Stunde beobachteten wir die „Shikoku", aber auf der rührte sich nichts.

Ich hatte den Verdacht, daß sich aber doch jemand an Bord befand. Ein Schiff wie dieses läßt man nicht unbewacht am Steg liegen, es sei denn, der Anlegeplatz ist kontrolliert. Hier aber gab es keine Kontrolle, das konnten wir auch beobachten.

„Vielleicht schläft ja jemand in dem Ding", äußerte sich Kalapano. „Das soll es auch tagsüber geben ..."

Er grinste dabei. Ich hatte die Pistole eingesteckt, und Kalapano hatte ich mit mehreren Paaren Handschellen aus dem Bestand Leo Tamasakis versorgt, dazu hatte er eine Rolle Packband bekommen, dieses zähe, kräftig klebende Zeug, für den Fall, daß die Handschellen nicht reichten.

Als ich Hunger bekam, machte mich Kalapano auf eine dieser praktischen Schnellgaststätten aufmerksam, etwas höher auf dem Strand, an der Straße gelegen. Sie schien anständig geführt zu sein, denn ein freundliches Mädchen komplimentierte uns sogleich zu einem Tisch im Freien, im Schatten einer Palme. Von hier aus konnten wir sogar die „Shikoku" sehen.

Ob wir Fast Food möchten, etwa Hamburgers, Hot Dogs, Cheeseburgers, Salate, oder ob wir lieber etwas aus der hervorragenden Küche des Hauses hätten, das würde zwar ein paar Minuten länger dauern, aber das Mädchen versicherte uns, es lohne sich.

Kalapano sah mich fragend an. Ehe er etwas äußern konnte, kam mir eine Idee. Ich fragte sie mit dem harmlosesten Gesicht der Welt: „Was bevorzugen denn unsere Freunde von der ‚Shikoku' da drüben? Wir möchten sehen, ob ihr Geschmack gut ist, und ob wir ihn treffen ..."

Das Mädchen lachte. „Oh, die zwei Herren, die bestellen meistens Fast Food."

„Nicht möglich! Heute auch?"

Sie blickte auf die Uhr am Handgelenk. „Ist aber noch Zeit. Sie haben Big Mac's geordert und diverse Salate. Und Coca Cola."

Ich hatte ins Schwarze getroffen. Kalapano sah mich bewundernd an, etwa so mußten die alten Hawaiianer zu Pele aufgeblickt haben, falls sie ihnen jemals erschienen war.

„Schaffen wir noch ein paar Hot Dogs bis dahin?" fragte ich.

Sie lachte wieder. „Spielend! Für jeden zwei?"

Ich nickte. Und dann winkte ich dem Mädchen verschwörerisch zu, bis es mir das Ohr hinhielt, leise kichernd. Ich flüsterte: „Wir wollen die beiden überraschen. Ein Spaß, den wir uns da machen können, wir bringen ihnen das Essen, als Boten Ihres Restaurants!"

Sie meinte gelassen, mit etwas hintergründigem Lächeln: „Ich sage es Pete. Das ist unser Hausbote, der liefert dort immer an. Aber soweit ich weiß, wird er über die Konkurrenz nicht böse sein. Das hängt mit den Trinkgeldern zusammen ..."

„Welch geizige Leute! So kennen wir die aber gar nicht!" log ich. „Also – die Hot Dogs, und dann betätigen wir uns für Ihr Unternehmen!"

Als sie gegangen war, schüttelte Kalapano feixend den Kopf und versicherte mir halblaut: „Du bist doch der verschlagenste Kerl von allen Haolen, dem ich seit langer Zeit begegnet bin. Ich ahne, was du vorhast!"

Seine Ahnung war nicht falsch. Eine Stunde später, nachdem wir unsere Hot Dogs mit etwas Cola heruntergespült hatten, brachen wir in Richtung „Shikoku" auf.

Kalapano trug den mit dem Namen des Restaurants „Hilo Blitz" geschmückten Styropurbehälter, in dem sich die Essensportionen befanden. Ich hatte ihm die Pistole gegeben, die er in den Hosenbund steckte, über den das bunte Hemd fiel. Dafür hatte er mir die Handschellen und das Packband überlassen. Wir hatten unser Vorgehen aufeinander abgestimmt. Wenn es keine unvorhergesehenen Wendungen gab, dachte ich, müßte es eigentlich ohne Pannen abgehen.

Ich blieb am Anfang des Steges zurück und ließ Kalapano zuerst hinüberbalancieren. Mitten auf der wackeligen Planke, die nicht viel breiter war als ein Bügelbrett von der Sorte, wie die Schneider in der Tai Wo Street es auf dem Bürgersteig benutzen, um Vorbeigehenden schnell die Hose zu bügeln, während diese dann hinter einem Paravent warteten, begann Henry Kalapano, sich anzukündigen. Er sang laut und mißtönend, aber voller echtem Eifer: „Hier ist er, der neue, blitzschnelle Bote vom ‚Hilo Blitz', mit den delikatesten Speisen, die es auf den Inseln für Ladies und Gentlemen gibt, zarter als die Hintern der Wahinen am Strand von Waikiki, nahrhafter als pures Bullenhorn, schmackhaft wie die Herrlichkeiten auf den Tischen der Götter, und schön wie die Sünden, die unsere Vorfahren den Entdeckern beichteten, als diese in den großen Schiffen von weither übers Meer zu uns kamen ... und alles zu sehr zivilen Preisen, noch schneller als je zuvor Pete es anliefern konnte, vom Herd ins Haus ... äh, aufs Schiff der feinen Herren ...!"

Er war längst auf den Boot, hatte das Deck überquert, während er immer noch sein Sprüchlein trompetete, und stieg nun, den Styroporbehälter mit der linken Hand jonglierend, den Kajütenaufgang hinunter.

Ich hörte ihn noch lärmen, als er unter Deck verschwand. Dann kam da ein unwilliges Grunzen: „Spar dir den Krawall, du Schafsnase!"

Da hatte ich ebenfalls das Deck schon überquert und lauerte vor dem Aufgang.

Von unten kam Kalapanos Stimme, jetzt plötzlich total verändert, kühl und sachlich: „Umdrehen. An die Wand. Handflächen an die Wand, bitte. Beine spreizen. Mehr. Mehr. So bleiben ..."

Ich hatte ihn eingehend instruiert, wie man mit gefährlichen Leuten umgeht, und er machte das hervorragend.

Dies war der Augenblick, in dem ich hinuntersteigen mußte, um die beiden Bewohner der Kajüte mit Handfesseln zu versehen.

Ich blickte mich vorsichtshalber noch einmal auf Deck um, ob es da auch keinen gab, der sich einmischen könnte, und just in diesem Augenblick polterte unten etwas. Gleichzeitig schoß eine Gestalt im Aufgang auf mich zu, haute mir eine respektable Faust ans Kinn und flitzte zur Reling. Ein Sprung und der Mann war weg.

„Los, los!" drängte Kalapano, als ich, noch etwas angeschlagen die Kajüte betrat, die eher ein Salon war, eleganter noch eingerichtet als der Salon auf Blairs LAUREEN. Nicht zu vergleichen mit der guten Stube auf meiner heimatlichen Dschunke in Hongkong, von der ich ganz fest glaube, sie ist die schönste in ganz Aberdeen.

Eilig half mir Kalapano, den mit ausgestreckten Armen an der Wand stehenden Mann mit Handschellen an ein Leitungsrohr zu fesseln, dann schmiß er mir die Pistole zu und wirbelte den Aufgang hoch.

Als ich oben ankam, war er schon über Bord.

Ich wurde Zeuge des erheiternden Schauspiels, wie Henry Kalapano einem Aal gleich dicht unter der Wasseroberfläche dahinglitt, auf den Mann zu, der prustend versuchte, auf den flachen Sandstrand zu gelangen.

Er hätte es geschafft, wenn Henry Kalapano ein schlechterer Schwimmer gewesen wäre und nicht so wütend darüber, daß der andere ihn überrumpelt hatte. Kalapano sprang beinahe gleichzeitig mit ihm auf den Sand, machte einen Satz auf ihn zu, und dann packte er ihn an einer Stelle, die ein Gentleman gemeinhin selbst beim Boxkampf nicht mit Schlägen bedenkt. Sogar bei den Catchern ist diese Zone tabu, und bei denen ist ja eigentlich so ziemlich alles erlaubt.

Ich mußte unwillkürlich laut lachen, als ich zusah, wie der Hawaiianer, hinter dem Flüchtenden herlaufend, mit einer Hand in dessen nasses Haar griff, das modisch lang und griffgünstiger war, als es etwa Tamasakis Igel gewesen wäre, und wie er gleichzeitig mit der anderen Hand zwischen die Oberschenkel faßte, worauf der Flüchtende einen Ton von sich gab wie ein Fischreiher in der Balz.

Der Mann war geliefert. Kalapano wollte nicht, daß er ihm noch einmal entwischte. Er schubste ihn auf den Steg, und als sie beide an Deck waren, rief Kalapano mir zu: „Die Armbänder!"

Ich machte ihn aufmerksam: „Drück nicht so fest zu, vielleicht will er ja bald heiraten, da gibts Sachen, die hinderlich sind ..."

Der Mann blickte mich an wie einen Geist. Vergaß offenbar sekundenlang den Schmerz an seinem edelsten Körperteil, das dieser Hawaiianer immer noch quetschte, und stöhnte leise. Mir sagte sein tödliches Erschrecken einiges. So sieht man Leute an, von denen man nicht geglaubt hat, daß man sie noch einmal im Leben wiedersieht. Deshalb machte ich gleich einen Test, grinste ihn entwaffnend an und sagte: „Ja, ich bin es! Sie haben mich schon mal gesehen, wie? An der Kaimauer in Ala Wai, als Sie mich ins Wasser schmissen, ist das nicht so?"

Es war auf Verdacht gesagt. Eine Provokation. Der Mann schluckte. Kalapano, der gleich begriff, worauf ich hinauswollte, drückte wieder zu, und der Mann verdrehte die Augen. Wimmerte.

Ich versah ihn mit Handfesseln und machte ihn unter Deck neben seinem Kumpan an der Rohrleitung fest. Hinter mir zog sich Kalapano die nasse Kleidung aus und lachte dabei: „Wenn du einen ganz folgsam machen willst, mußt du ihn bloß bei seinem Familienschmuck packen, der muckt garantiert nicht mehr, bis zur Gerichtsverhandlung!"

Ich versicherte ihm: „An dir ist ein Polizist verloren gegangen. Wenn du mal umsatteln willst ..."

Er hängte Hemd und Hose über die Lehne einer Polsterbank, die etwa achthundert Dollar gekostet haben mochte und stellte einen Ventilator davor auf. Splitternackt ließ er sich dann in einem Sessel für etwa vierhundert Dollar nieder und besah sich, was ich aus den Taschen der beiden Männer hervorholte.

Ich fand Ausweise der beiden, die in Hawaii geboren und doch keine Hawaiianer im eigentlichen Sinne waren, zwei sehr flache Pistolen mittleren Kalibers, Messer, abgelaufene Parkscheine und anderen Kram, der keine Schlüsse besonderer Art zuließ. Ich hielt mich an den einen, der bei meinem Anblick so sehr erschrocken war und den seine Ausweiskarte als William Brandon vorstellte.

„Wer war der zweite Mann, als ich über die Kaimauer ging?" Ich hatte getroffen, das sah ich seinem Gesicht an. Aber er sagte nichts, so daß ich ihn aufmerksam machte: „Es gibt einen Zeugen des Vorfalls, also sagen Sie besser die Wahrheit!"

Der Angesprochene warf einen verstohlenen Seitenblick zu dem anderen, der Bellows hieß, und der zeigte sich von meinem Schuß erwischt, den ich sozusagen ins Halbdunkel abgefeuert hatte.

Er schrie aufgeregt: „Ich habe nur den Wagen gefahren, nichts sonst! Ich wußte nicht mal, was da überhaupt gespielt wurde!"

„Schlimmes Spiel", klärte ihn Kalapano auf.

Ich stellte fest: „Also hätten wir die Täter in der einen Sache beisammen! Mister Bellows als Fahrer, das ist Mithilfe, und Mister Brandon als Täter!"

Keiner der beiden sagte etwas.

Ich versuchte einen anderen Trick, indem ich ganz beiläufig zu Kalapano bemerkte: „Wir müssen uns nur noch von Mister Imai die Aussagen über die Sache mit Wesley Blair bestätigen lassen, der Ordnung halber, auch damit er entlastet ist ..."

Es war nur ein weiterer Versuch gewesen, die beiden aus der Reserve zu locken, aber er gelang. Ich hörte den unterdrückten Protestschrei des Mannes, der Brandon hieß. Aber um meinen Trick nicht preiszugeben, tat ich so, als habe ich ihn nicht wahrgenommen, und ich fragte Brandon harmlos: „Wann kommt er denn? Mittag?"

„Abends", knurrte Brandon nach langem Zögern. „Wenn er überhaupt kommt. Wegen der Abfahrt."
„Das spart uns den Weg zu seinem Bungalow", bemerkte ich zu Kalapano. „Also können wir jetzt die Hamburger essen, die in dem Karton sind, oder willst du sie an die Fische verfüttern?"
„Hamburger?" entrüstete er sich. „Ich denke nicht daran! Die armen Tiere könnten Diarrhoe bekommen, und ich bin da widerstandsfähiger!"
Er öffnete fröhlich die Styropurbehälter mit dem Mittagessen für die beiden Ganoven. Bevor wir uns niederließen, klebte ich den beiden Kerlen mit Packband den Mund zu, den sie vorerst sowieso nicht brauchten. Wir würden Mister Imai bei seiner Ankunft am Abend einen Empfang bereiten, auf den er nicht gefaßt war. -

Elftes Kapitel

Um es gleich zu sagen, wir hatten uns verrechnet.

Es wurde Abend und Nacht, und wir warteten. Umsonst. Dann, als eine unglaubliche Ruhe um uns herum einzog, lösten wir uns bei der Beobachtung des Steges ab, so daß immer einer von uns wenigstens stundenweise schlafen konnte. Das ging bis in den Morgen hinein so. Imai kam nicht.

Im Laufe des Vormittags wurde uns klar, daß wir uns etwas Neues einfallen lassen mußten, wenn wir weiterkommen wollten.

Es war Henry Kalapano, der im Ruderhaus der „Shikoku" die Rauchpatronen fand. Und er brachte mich auf eine brauchbare Idee, weil mir plötzlich einfiel, daß Mister Imai ihn ja schließlich nicht kannte.

So machte sich Henry Kalapano schließlich mit einem im „Hilo Blitz" geliehenen Fahrrad auf zu Mister Imais Bungalow, und ich befestigte zwei Rauchpatronen am Heck des Bootes unter der Entlüftungsklappe des Motors.

Dann wartete ich, bis ich durch das erstklassige Fernglas aus dem Besitz Mister Imais in einiger Entfernung den Strandbuggy Imais sah, der eilig heranrollte. Weit dahinter Kalapano auf dem Fahrrad.

Ich zog die Zünder der Rauchpatronen, und sogleich stieg grauweißer, gefährlich aussehender Qualm aus den Lüftungsschlitzen des Motors und verbreitete in der stillen Luft eine mächtige Wolke über dem Heck des Bootes.

Man mußte glauben, hier sei ein Brand entstanden.

Ich versteckte mich im Aufgang und lauerte, die Pistole in der Hand.

Kalapano kam vermutlich viel später als Imai an, weil er mit dem Fahrrad langsamer war. Wir hatten ausgemacht, daß er sich bei Imai als neuer Boy des „Hilo Blitz" vorstellen sollte und ihm mitteilen, auf seinem Boot sei offenbar ein Feuer ausgebrochen, es mache den Anschein, als sei niemand an Bord. Das sollte genügen, Imai aus seiner Burg auf die „Shikoku" zu locken.

Es funktionierte, aber nur beinahe.

Imai stürmte über die Planke an Bord, rannte zum Heck, konnte aber hier nicht herausfinden, was den Qualm hervorbrachte, also rief er: „Bellows! Brandon!"

Dann rannte er, laut fluchend, weil die beiden sich nicht meldeten, zum Aufgang, und stand plötzlich vor mir, in die Mündung meiner Pistole blickend, sprachlos.

Trotzdem mußte er sekundenschnell begriffen haben, daß ich so leicht nicht schießen würde, denn er sprang mich sofort an und wedelte mit der rechten Hand meine Waffe beiseite.

Meine Verblüffung nutzend, versetzte er mir einen Tritt ans Schienbein, unter dem ich mich krümmte. Ein Schlag auf den Kopf folgte. Das ging alles so schnell, daß ich überrascht wurde, denn ich hatte diesem unscheinbaren Musikproduzenten nicht den Schwung eines Kamikaze-Kämpfers zugetraut, mit dem er angriff, unter Nutzung übrigens von einigen Tricks, die man gemeinhin nur bei den legendären

Mönchen von Shaolin zu finden glaubt oder bei jenen Brutalos, die sie in Japan Ninjas nennen.

Es gelang mir gerade noch, zu verhindern, daß er meine Pistole bekam. Aber er stürmte an mir vorbei, und erst als er im Salon die beiden angeketteten Wächter mit den verklebten Mündern sah, begriff er wohl, daß er hier nicht mehr viel würde bestellen können, trotz Karate.

So schnell wie er in den Salon hinuntergeschossen war, sprang er wieder den Aufgang hoch, während ich gerade versuchte, fest auf den Beinen zu stehen. Er lief auf die Planke zu, die zum Steg gelegt war. Ich konnte für einen Augenblick den Schmerz in meinem Schienbein verbeißen und rief hinter ihm her: „Stehenbleiben!"

Eigentlich wunderte ich mich, daß er, mir den Rücken zuwendend, die Arme artig hob, offenbar aufgab.

Ich hatte zwar inzwischen die Pistole auf seinen Hinterkopf gerichtet, aber da ich nicht der Mann bin, der andere Leute von hinten anschießt, hätte er es schaffen können zu verschwinden, mit seinem Buggy, der ja an Land wartete. Nur – da war eben Henry Kalapano!

Der Hawaiianer saß, gemütlich grinsend, am Steg. Die Gangplanke hatte er zu sich gezogen, und als Imai auf die Reling zu stürmte, um sich an Land zu retten, wurde er von Kalapano ganz sachlich gewarnt: „Vorsicht, Mister, ohne Training ist der Sprung nicht zu schaffen!"

Dabei schwang er eine Latte, die er irgendwo aufgelesen hatte, und das sollte heißen: Selbst wenn du den Sprung schaffen solltest, da bin dann noch ich!

Langsam hinkte ich zu Imai, und ich verfuhr nach der altbewährten Methode, drückte ihm die Mündung meiner Pistole ins Genick, worauf er überraschend folgsam die Hände noch höher nahm.

Kalapano legte die Planke wieder zurecht und kam auf das Boot geschlendert.

Ich beauftragte ihn: „Geh nach unten, hol noch ein paar Armbänder!"

Während er weg war, teilte ich Imai, ohne den Spott ganz aus meiner Stimme heraushalten zu können, mit:"Die beiden da unten haben bereits zugegeben, daß sie mich über die Kaimauer schmissen. Auch wer den Auftrag gab ..."

Er hatte sich offenbar entschlossen, eisern zu schweigen. Auch gut. Ein Fall für Leo Tamasaki. Aber ich fragte Imai doch noch nach Wesley Blair, denn schließlich war ich es, den Laureen mit den Nachforschungen beauftragt hatte, nicht der igelköpfige Detektiv aus Honolulu. Der machte nur Dienst nach Vorschrift.

„Sie haben ihn beseitigt, ja? Oder beseitigen lassen. Unangenehmer Konkurrent, der er war. Und damit haben Sie sich selbst zum Konkurrenten gemacht, nämlich für den Mann, der Blairs Unternehmen jetzt führt, und der es gar zu gern ganz an sich gebracht hätte. Ohne Konkurrrenz weit und breit zu haben ..."

„Sie ... hätte es ihm nie überlassen!"

Ich horchte auf. „Aber Mister Imai", rügte ich ihn, die Pistolenmündung weiter in seinem Genick, „sind Sie wirklich so wenig Geschäftsmann und Spekulant? Osborn braucht das Unternehmen bloß in die roten Zahlen zu wirtschaften, dann verkauft es Laureen Blair liebend gern und setzt sich mit dem Ertrag zur Ruhe. Sie würde es durchaus an Osborn verkaufen, wie ich sie kenne. Wollen Sie mir weismachen, bloß in Hongkong weiß man, wie so etwas gefingert wird?"

„Ich will Ihnen gar nichts weismachen!" fauchte er. „Freuen Sie sich nicht zu früh!"

Da ich das meist zu vermeiden trachte, ließ ich mich nicht auf weitere Erörterungen darüber ein, wer sich worüber freuen sollte.

„Mach ihn an der Reling fest", forderte ich Kalapano auf, der inzwischen die Rauchpatronen gelöscht hatte und mit einem Paar Handfesseln erschien.

„Wir wollen, daß er genug frische Luft bekommt, bevor sie ihm täglich für eine Stunde zugeteilt wird ..."

Mister Imai, kniend an der Reling seines Luxuskreuzers, war ein Bild, das ich so schnell nicht vergessen würde.

Als mich sein wütender Blick traf, besänftigte ich ihn: „Seien Sie froh, daß Sie mir in die Hände gefallen sind, und nicht Mano!" Es war ein neuer Trick aus meiner Kiste, um ihm Aussagen abzulocken, aber er, der sonst so schlau war, merkte das nicht. Er knurrte: „Was wissen Sie schon von Mano!"

Ich gab mir Mühe, trotz meiner Schadenfreude freundlich zu lächeln. „Daß er Ihnen an den Kragen sollte. Im Auftrag von Mister Osborn. Warum machen Sie da so ein eigenartiges Gesicht? Staunen Sie darüber?"

Er knirschte mit den Zähnen. Mir war immer noch nicht klar, wieso sie beide auf denselben Killer gekommen waren, zumal der Mann von auswärts kam. Aber ich sagte mir nüchtern, daß mich das nicht unbedingt mehr zu interessieren hatte, weil es zur Aufklärung des Verschwindens von Wesley Blair ohnehin nichts mehr beitragen würde. Es war Polizeiarbeit. Tamasaki sollte sich gefälligst damit herumschlagen.

Entweder war zu der Zeit, als Imai den Filipino anheuerte, Osborn auf den Mann aufmerksam geworden und hatte sich später, als er selbst einen Exekutor brauchte, an ihn erinnert, oder er hatte denselben Tipper benutzt wie Imai vor ihm.

Abmachungen mit Killern wurden meist nach Vermittlung durch einen Tipper getroffen. Solche Tipper hatten wir in Hongkong. Einige kannte ich. Hier kannte ich keinen. Jedenfalls stellten diese Leute die Verbindung her zu jemandem, der wahlweise schwere Körperverletzung ausführte oder Tötung, je nach Auftrag, mit dem Messer, dem Seil, der Kugel, mit Gift – ganz wie gewünscht. Nur daß sie selbst eben nicht in Erscheinung traten, und daß der Tipper manchmal gar nicht wußte, wie der Mann aussah, an den er den Auftrag vermittelte.

In manchen Belangen ist die Unterwelt organisiert wie ein Kaufhaus. Oder wie ein gut geölter Konzern. Da kommt es dann schon zuweilen vor, daß sich zwei Leute unabhängig voneinander aus demselben Regal oder demselben Bankkonto bedienen. Nein, mit solchen „statistischen Ergänzungen" zu einer Tat, wie mein Freund Bobby Hsiang in der Hongkonger Abteilung für Kapitalverbrechen sie nannte, und wie man sie mir leider immer abgefordert hatte, als ich in Hongkong noch mit Bobby zusammen Ganoven jagte, sollte sich mal die Polizei beschäftigen!

Wie hatte Leo Tamasaki gesagt? Jeder wird danach fragen, wo denn die Leiche von Mister Blair ist!

Ich hatte ihn schon verstanden. Ihm wäre es ganz recht, wenn ich die ausfindig machen könnte, sozusagen für ihn, in von Laureen Blair bezahlter Lohnarbeit, so daß er selbst keine Energie darauf verschwenden mußte. Lehre mich einer die Polizei kennen!

Aber – obwohl ich so gar nicht der Mann bin, der den Staatsdienern in Uniform gern Arbeit abnimmt: die Leiche zu finden, lag in meinem persönlichen Interesse. Das war ich wohl Laureen schuldig. Die Leiche und den Mörder, das sollte sie von mir erwarten können. Was den Mörder betraf, den hatte ich, das schien sicher. Aber wo hatten sie Wes Blair denn nun wirklich hingeschafft, nachdem ...?

Wer mich näher kennt, der weiß, daß mir manchmal ganz plötzlich eine Idee kommt, die eine höchst komplizierte Frage überraschend beantwortet. Meine Freundin Pipi hält das für „intellektuelle Hochsprünge", ein Anspruch, den ich selbst nie erheben würde, nicht einmal kommentieren, höflicherweise, denn ich bin ein bescheidener Mensch. Nur – ganz unrecht hat sie damit nicht, und ich gebe gern zu, daß ich eben zu solchen „Hochsprüngen" bei weitem nicht jeden Tag in der Lage bin. Aber wahrscheinlich gehören solche Schwankungen zu einem Genie! Staunen Sie nicht, ich lächle gern mal über mich selbst!

Heute allerdings fühlte ich mich topfit, wie der sprachgewandte Mensch so was ausdrückt. Und ich war absolut sicher, daß ich den Faden, der zu Wes Blair führte, in der Hand hielt, eine Weile schon, ohne das zu ahnen.

Ich stieg in den Salon hinunter, denn mir war ein Trick eingefallen, der vielleicht bei Bellows zog, und der den Endpunkt setzen konnte.

Bellows, der den Wagen fuhr, mit dem man mich zum Kai gebracht hatte, hing müde an den Handfesseln. Sein Gesicht war bleich, die Augen, aus denen sein Blick auf mich fiel, waren trübe.

„Stündchen schlafen?"

Er sah mich mürrisch an. Ein Kerl, der vermutlich in der Lage gewesen wäre, mich mit den Fäusten zu erschlagen, ohne weit auszuholen. Ein Glück, daß er an dem Leitungsrohr festhing!

Ich ärgerte mich ein bißchen, daß mir nicht früher eingefallen war, ihn auf diese Weise zu provozieren, und deshalb wohl riß ich nun das Packband etwas rauh von seinem Mund, wobei er aufjaulte. Ich ließ es ziemlich rauh klingen, als ich sagte: „Wirst lange schlafen können, Bellows, und tief. Im tiefen Wasser. Da wo heute noch Blair schläft, den du mit Brandon zusammen über die Kaimauer befördert hast. Wie mich auch. Bloß daß Blair schon tot war."

Ich merkte sofort, daß ich getroffen hatte. Er öffnete mehrmals den Mund, wie um etwas zu sagen, aber er brachte keinen Ton heraus.

Sah mich auch nicht mehr an. Starrte nur vor sich hin.

Warum war ich nur nicht auf den Gedanken gekommen, daß die Kerle sich die Sache mit Wes Blair so einfach gemacht haben könnten, wie sie das später bei mir praktizierten? Nachdem ihnen ihr Chef gesagt hatte, sie sollten den Mann wegschaffen, so daß er für immer verschwunden blieb.

Fatal für sie, daß es beim zweiten Mal den aufmerksamen Kalapano gegeben hatte, aber gut für mich!

Ich kam nicht mehr dazu, mit Kalapano darüber zu sprechen, denn unvermittelt rief der von Deck her: „Achtung! Sie kommen!"

Wer kam? Ich flitzte an Deck. Behielt gerade noch Zeit, mich hinter dem an die Reling geketteten Mister Imai zu ducken, als auch schon der erste Schuß fiel.

Es blieb nicht der einzige.

Kalapano hatte die Laufplanke ins Wasser gestoßen und hackte mit einem irgendwo abgehängten Beil die Haltetaue durch. Die Jacht schwamm bereits frei.

Mister Imai, hinter dem ich kauerte, schrie den zwei jungen Männern, die mit einem Strandflitzer vermutlich von seinem Bungalow her gekommen waren, verzweifelt zu, sie sollten aufhören zu schießen.

„Lassen Sie sie doch weiter schießen!" lachte ich ihn aus. „Sie treffen mich ja doch nicht. Zuerst sind Sie dran. So was sorgt für Unterhaltung!"

Ein paar Besitzer der in der Umgegend festgemachten Boote reckten die Hälse, um zu sehen, was sich da abspielte. Ich winkte Kalapano, und er verstand meine Absicht. Schlüpfte durch die Klappe unter Deck, hinter der die Maschine lag.

Wenig später merkte ich, wie das Deck leise zu vibrieren begann. Ich nutzte es, daß Imai seinen Leibwächtern erneut zurief, sie sollten nicht mehr auf ihn schießen, und flitzte ins Ruderhaus. Der Motor lief. Die Anzeigen „lebten", wie die Bootsfahrer zu sagen pflegen. Ich griff mir das Rad. Wir glitten langsam vom Steg weg.

Übersehen hatten wir, daß ein Mann wie Imai natürlich in seinem Landsitz ebenfalls noch Leute hat, die für seinen Schutz sorgen. Aber es war noch einmal einigermaßen gut abgegangen.

„Kontrolliere, ob die Bastarde uns ein Loch in die Bordwand geschossen haben!" beauftragte ich Kalapano, der aus dem Motorraum kroch, um mir zu melden, daß es da unten aussähe wie in der Vorzeigekabine einer Bootsausstellung.

Navigation war zwar nicht meine größte Stärke, aber ich schaffte es schon, das Fahrzeug Imais um „Chinaman's Hat" herum westwärts bis in Küstennähe zu steuern, einen Kurs, den ich dann weiter südwärts fuhr, bis Kalapano kam, um mir zu sagen, es gäbe keine Löcher im Schiff, worauf ich ihm das Steuer überließ und mit dem Wasserschlauch die Pfütze über Bord spülte, die während der Schießerei aus Mister Imais Hose geträpfelt war, und bei der es sich nicht etwa um Blut handelte.

„Banzai!" konnte ich mir nicht verkneifen, ihn aufzuziehen.

Er reagierte nicht. Auch nicht auf Fragen, die Wes Blair betrafen. Hatte wohl damit zu tun, die Enttäuschung über den Fehlschlag der letzten Chance zu verarbeiten. Innerlich.

Die „Shikoku" glitt elegant die Küste entlang südwärts, während es hinter den Palmenreihen über den Stränden am Himmel rot wurde und die Sonne auf diese Weise ihren Abschied signalisierte.

Die ersten Lampen der Siedlungen an Land flackerten auf. Waiahole. Kaalaea. Dann, nachdem er die Lichter gesetzt hatte, teilte Kalapano mir sachlich mit: „Wir gehen jetzt erst mal auf Ostkurs, damit wir um die Landspitze von Mohapu herumkommen ..."

Ich hatte den Eindruck, daß es ihm unbändigen

Spaß machte, das elegante Fahrzeug zu steuern. Als wir eine ruhige Phase hatten, erkundigte ich mich bei ihm: „Wie tief ist das Wasser an der Kaimauer?"

„Ala Wai?"

„Ja. In Honolulu. Da wo du mich gefunden hast."

Er dachte nach. „Fünfzehn Meter? Etwas mehr ..."

„Schaffst du, da zu tauchen?"

„Warum sollte ich es nicht schaffen? Ich habe dich raufgeholt." Sein Stolz als Hawaiianer stand in Frage, meinte er wohl. „Ich habe außerdem ein Gerät. Und warum bitte sollte ich da tauchen?"

„Weil ich ins Kloster gehe, wenn dort unten nicht schon Wesley Blair liegt!"

Er starrte mich überrascht an. Dachte einen Augenblick nach. Sagte dann todernst: „Wäre schade, wenn du ins Kloster gehen müßtest. Sogar Kaana meinte, sie könnte sich Wahinen vorstellen, denen es mit dir Spaß macht."

„Danke!"

„Keine Ursache", gab er gespielt förmlich zurück. „Heißt das, ich soll da tauchen, nachdem wir angekommen sind?"

Ich grinste ihn an, so wie er mich zuweilen angrinste, mit gefletschten Zähnen. Bloß daß meine nicht so schön weiß waren wie seine.

„Genau das heißt es."

„In der Nacht noch?"

„Ich werde dich bei Kaana entschuldigen", versprach ich ihm.

Er lachte unbekümmert und meinte: „Hoffentlich ist meine Lampe nicht entladen, ich habe sie lange nicht benutzt, und die Dinger halten die Spannung nicht gerade ewig."

Dann widmete er sich dem Radarschirm, auf dem sich jeder spielende Delphin abzeichnete, so teuer war er. Und so japanisch.

Ich machte wieder einen Kontrollgang durch den

Salon und an der Reling entlang, wo zähneknirschend Mister Imai kauerte.

„Warum?" fragte ich ihn.

Er ließ sich Zeit. Bis er dann knurrte: „Sie verstehen nichts. Gar nichts."

„Ich bestätige Ihnen gern", sagte ich höflich, „daß ich nicht verstehe, warum man wegen einer Sängerin einen Mann umbringt und in den Bootshafen versenkt."

Sein Blick sagte mir, daß Ala Wai der richtige Platz war, um nach Wesley Blair zu suchen.

Zwölftes Kapitel

Es erwies sich, daß Kalapanos Unterwasserlampe doch noch voll einsetzbar war.

Wir hatten eine Stunde vor Sonnenaufgang wieder in Ala Wai angelegt. Zum Glück war der Liegeplatz unmittelbar neben Kalapanos Boot freigeworden, und so gab es nur wenig Umstände.

Die aus dem Schlaf geschreckte Kaana kramte aus der Eisbox ein paar Reste eines Banketts hervor, das sie für eine Gruppe von Veteranen ausgerichtet hatte, die das Kriegsmuseum in Fort de Russy besuchten. Wir aßen Lachssandwiches und die verschiedensten Wurstbrote, dann machte Kalapano das Schlauchboot klar, legte seinen Taucheranzug an, ließ sich von mir die Gemischflasche auf den Rücken schnallen, und wir fuhren los, in Richtung auf die Stelle, an der Kalapano mich damals gerettet hatte.

„Ich habe es so im Gefühl, daß sie mich genau da loswerden wollten, wo sie zuvor schon einen anderen versenkt hatten, den niemand fand", vertraute ich dem Hawaiianer an. „Ganoven sind in vieler Hinsicht Gewohnheitstiere, man könnte auch sagen, im Grunde denken sie konservativ. Ohne zu wissen, was das ist."

Er sah überwältigend professionell aus, in dem schwarzen Gummianzug, mit der hochgeschobenen Schutzbrille, dem Tauchgerät und den Schwimmflossen, und er sagte trocken: „Erstaunlich, daß du glaubst, die denken überhaupt!"

Er hakte eine dünne Leine an seinen Gürtel, gab mir das andere Ende in die Hand, und dann ließ er sich seitwärts ins nicht so ganz taufrische Wasser fallen, einen Steinwurf von der Kaimauer entfernt. Einen Menschenwurf?

Ich hielt die Leine, und hin und wieder warf ich einen Blick hinüber zur „Shikoku", wo man im Schein einer Deckslaterne nur sehr vage erkennen konnte, daß ein Mann an der Reling kniete.

Bis dann der Tag anbrach, mit der unangenehmen Plötzlichkeit, an die ich zwar gewöhnt war, die ich aber noch immer nicht liebte, und die ich deshalb in Hongkong meist in der Kajüte meiner Dschunke verschlief.

Diesmal, hier auf Oahu, sah ich alles zugleich. Die rote Sonne, den dünnen Dunstschleier über dem Wasser, die „Shikoku", Kalapanos Boot, auf dem es noch immer ruhig war, und zuletzt Kalapano selbst, der plötzlich neben dem Schlauchboot auftauchte, den Luftschlauch ausspuckte, einen Fluch hinterherschickte und dann sagte: „Hast recht gehabt. Gib mir das Seil ..."

Er tauchte mit dem Seil wieder ab. Ich hatte zuvor ans Ende eine Schlinge geknüpft, und als es nach einer mir ziemlich lange erscheinenden Zeit in meiner Hand leicht ruckte, zog ich verabredungsgemäß an.

Zuerst tauchte Kalapano auf. Dann zog ich einen in Plastikfolie gewickelten Körper, der mit zwei abgesägten Eisenschienen beschwert war, in das Schlauchboot.

Kalapano, als er mich mit einem Messer hantieren

sah, warnte: „Schneid die Hülle nicht auf, du weißt nicht, wie der aussieht!"

Also löste ich nur das Seil. Wir fuhren zur „Shikoku" zurück, hievten den Fund an Bord und legten ihn so auf das Deck, daß Mister Imai ihn direkt im Blickfeld hatte.

„Na ...?" versuchte ich ihn zu provozieren. Er schwieg.

Während Kaana an Bord erschien und als erstes ihrem Freund half, die Tauchercombi abzustreifen, überlegte ich, ob jetzt der Zeitpunkt gekommen war, Detective Tamasaki zu benachrichtigen, der so sehr auf eine Leiche in diesem Falle gewartet hatte. Es war früher Morgen, und Tamasaki würde vermutlich noch schlafen, wenn er nicht irgendwo einen Einsatz hatte.

Ich enschied mich dafür, ihn zu benachrichtigen, weil ich hoffte, er würde fluchen, daß er aufstehen müsse.

Ich war schon auf dem Steg, auf dem Wege zu einer dieser Telefonhauben an Land, als der Polizeiwagen, zum Glück für die übrigen noch schlafenden Anlieger ohne Sirene, angefahren kam.

Leo Tamasaki, lebendig, wie ich ihn nie um diese Tageszeit vermutet hätte, sprang heraus, musterte mich mit einem mißtrauischen Blick und polterte dann los: „Was gibts da? Ich höre, Sie haben einen unbescholtenen Herrn auf ‚Chinaman's Hat' gekidnapt und sich mit seinen Begleitern ein Feuergefecht geliefert! Was soll das? Ich kann Sie binnen vierundzwanzig Stunden aus Honolulu abschieben!"

Es war ein kabarettreifer Auftritt, den er da lieferte. Man hatte ihn zu früh von der Matte geholt, das stand außer Zweifel, und er war deswegen stinksauer. Wer verstand das besser als ich!

Ich winkte ihm so gemütlich, daß er es als aufreizend empfinden mußte. „Hallo, Detective Tamasaki! Kommen Sie an Bord der ‚Shikoku'. Sie gehört diesem Herrn, der nicht mehr so unbescholten ist, wie Sie sagen. Mordversuch an mir. Und vollendeter Mord an Wesley Blair. Er leugnet das nicht mal, seine beiden Helfer, die es schon zugegeben haben, finden Sie unter Deck im Salon, in unbequemer Haltung. Und – bevor Sie mir wieder die Frage nach der Leiche stellen – hier ist sie!"

Ich wies auf den Körper in der Plastikplane. Kalapano reichte dem Beamten ein Messer, und ganz entgegen seiner üblichen Höflichkeit sagte er dabei nicht „Bitte", sondern „Hier!"

Das klang ungewöhnlich, aber Kalapano tat, als bemerke er es nicht, und auch der Beamte ließ nicht erkennen, daß er am Umgangston Tamasakis etwas erstaunlich fand.

Es ist immer gut, wenn man nicht frühstückt, bevor man Leichen beschaut. Ich mußte mich sehr zusammennehmen, aber ich schaffte es, beim Anblick des aufgedunsenen, blau angelaufenen Gesichts zu sagen: „Ja, das ist Wesley Blair, falls es bei jemandem Zweifel geben sollte."

Leo Tamasaki knurrte mißmutig: „Es wird niemand Zweifel haben. Außerdem habe ich ihn auch gekannt, Schlauberger!"

Er musterte den an die Reling geketteten Imai und wies seine Männer an: „Losmachen. Handfesseln. Ins Auto. Zur Vernehmung."

Dann wandte er sich an mich: „Wo sind die sogenannten Helfer?"

„Folgen Sie mir in den Salon", forderte Kalapano ihn an meiner statt auf und machte dabei eine Bewegung wie ein Kellner, der einer Dame den Weg zum Puderraum weist.

„Darf ich vorausgehen, Sir?"

„Du hast mir heute noch gefehlt, Wellenreiter!" schimpfte Tamasaki.

Aber Kalapano zog ihn gnadenlos auf: „Sie sind ja

bloß sauer, weil Sie als Amtsperson keinen Schatten hatten, was da gelaufen war!"

Ich ergänzte: „Und statt dessen lassen Sie sich erzählen, wir hätten auf jemanden geschossen! In Wirklichkeit waren es die beiden übriggebliebenen Diener dieses Herrn da an der Reling, die auf uns schossen! Aufgehört haben sie nur, weil sie Angst hatten, ihren Chef zu treffen!"

„Worauf Ihr mit dem Boot des Herrn abgehauen seid!"

„Das ist eine Verleumdung."

„Seid ihr mit dem Boot hier angekommen oder nicht!"

„Wir benutzten es, um ein paar Verbrecher in Polizeigewahrsam zu übergeben", sagte Kalapano so würdevoll, daß ich mich wunderte, weshalb er dabei nicht grinsen mußte.

„Die Anzeige über den Diebstahl des Bootes ist schon eingegangen, bevor ihr hier eingelaufen seid!" schimpfte der Detektiv weiter. „Ich wurde in den letzten Nachtstunden darüber benachrichtigt. Also – Lautstärke zurücknehmen!"

Und dann grinste er wahrhaftig zu mir herüber, als er in den Salon hinunterstieg. Manchen Polizisten, das kenne ich noch aus meiner eigenen Dienstzeit, muß man etwas schärfer anfassen, damit er seine Bestform in Sachen Höflichkeit erreicht.

Ich betrachtete, bis Tamasaki wieder im Aufgang erschien, die verführerischen Formen von Kaanas braunen Beinen und stellte wieder einmal ganz für mich fest, eine Chinesin kann noch so schöne Beine haben, erst braun wären sie eben ein Ereignis.

„Genug für heute früh?" hörte ich Kalapano sagen.

Tamasaki brummte in meine Richtung: „Sie kommen mit, fürs Protokoll!" Dann befahl er seinen Männern: „Holt die zwei Gestalten von unten hoch. Bleiben auch gefesselt. Alle zur Vernehmung."

Kalapano erkundigte sich mit harmlosem Gesicht: „Ist eigentlich eine Belohnung ausgesetzt, Detective?"

Tamasaki deutete auf mich und klärte ihn auf: „Halt dich an den da, Wellenreiter, der hat die besten Beziehungen zur Witwe des Herr in Plastik. Und kassieren tut er bei ihr auch."

Er guckte mich an und machte eine Kopfbewegung zum Steg hin, wo es inzwischen drei Polizeiautos geworden waren. Erst als ich neben ihm saß, rang er sich wieder zum ersten vernünftigen Wort durch: „Sie sind ein Bastard, Lim Tok. Wissen Sie nicht, daß heute Sonntag ist?"

Überrascht mußte ich ihm gestehen: „Nein, wirklich nicht. Sie hatten wohl dienstfrei?"

„Ich hatte", er nickte trübsinnig, „und jetzt bin ich mit Vernehmungen beschäftigt. Meine Frau fährt mit den Nachbarn zum Angeln nach Ewa, und ich plage mich mit diesem Kroppzeug ab, das Sie da angeschleppt haben. Heute abend wird mir der Fisch, den meine Frau fangen wird, nicht mehr schmecken!"

„Falls sie einen fängt", gab ich zu bedenken.

Er knurrte nur: „Nicht mal ein Bier, den ganzen Tag! Was denken Sie, was die Kerle von der Dienstaufsicht sich haben, wenn sie nur irgendwo in einem Büro eine leere Büchse finden!"

Es dauerte tatsächlich bis in den Nachmittag hinein, ehe ich meine Aussagen gemacht hatte und nach Waialae fahren konnte.

Der große Hund würdigte mich wieder keines Blickes. Laureen weinte, wie sie damals als kleines Mädchen geweint hatte, wenn ihr jemand wehtat. Ich setzte mich neben sie auf die Couch in dem nobel ausgestatteten Zimmer, das plötzlich so trist aussah, und ich merkte, wie sie ihren Kopf an meine Schulter legte. Auch wie in der Kinderzeit, wenn ich sie über den Verlust von ein paar Murmeln hinwegtrösten mußte.

Waikiki war nicht mehr ganz Waikiki, als ich am nächsten Vormittag auf dem Flughafen die letzten Minuten verbrachte.

Sie waren alle da, um mich zu verabschieden: Laureen mit den rotgeweinten Augen, Kalapano, der eines der verrücktesten Hemden trug, die ich je gesehen habe, Kaana, die hübscher war als alle diese Berufswahinen, die in der Halle herumliefen, in Baströckchen, mit Hibiskusblüten überm Ohr.

Auch Tamasaki war da, von dem ich den Eindruck hatte, er war froh, daß ich endlich abreiste. Er vertraute mir immerhin fast kollegial an, die Sache sei aufgerollt worden, weil ich mich bis zur Selbstaufgabe dafür eingesetzt hatte.

Ich mußte unwillkürlich lächeln. Dieser alte Filou, der sich auf seinen Schinken ausruht!

Hana Teoro kam im letzten Augenblick, hinter ihr die ganze Gruppe singender Wahinen, die üblicherweise den scheidenden Gästen die Leis umhängen.

Sie sagte leise: „Trotzdem – danke, Mister Lim Tok ..." Das war alles, was sie herausbrachte, dann flennte auch sie, während sie mir den Blumenkranz um den Hals legte. Wenn ich an Osborn dachte, hatte ich Verständnis für jede einzelne ihrer Tränen.

In einer anderen Ecke der Halle spielte die Heilsarmee den Hilo-Marsch, der wie eine Beerdigungsmelodie klang.

Nun kann ich es nur unter innerem Protest ertragen, wenn alles um mich herum Tränen weint, egal wie traurig der Anlaß gewesen sein mag. Ich verschaffte mir Aufmerksamkeit und hielt das, was man eine Ansprache nennen konnte. Dankte allen. Sagte, wie schön ich Honolulu fand. Versprach, wiederzukommen, eines Tages, wenn die Sterne günstig standen oder Hongkong untergehen sollte.

Bis sich nach und nach die Spannung löste, die Gesichter sich entkrampften, und dann, als meine

Maschine auf der Anzeigetafel schon an die oberste Position gerückt war, rief ich Hana Teoro zu: „Singt mir ein Farewell, Mädchen!"

Sie taten es. Ich habe nie gewußt, daß „Moorea Moon" von einem Dutzend liebenswerter junger Damen gesungen, so zum Heulen traurig machen kann.

Und ich habe wohl nie zuvor, wenn ich mit einem saftigen Scheck in der Tasche auf eine Arbeit zurückblickte, ein so jämmerliches Gefühl gehabt. Sie riefen meine Maschine zum letzten Mal auf.

Ich winkte zurück. Merkte auch, daß die unbeteiligten Leute in der Halle mich anstarrten wie den Gegenwärtigen von Zsa Zsa Gabor, der eine Gala-Verabschiedung bekommt, aus Mitleid. Hielten mich vermutlich sogar für einen dieser Leinwandhelden mit zerrüttetem Liebesleben.

Ganz hinten sah ich Laureen winken, als ich durch die Schleuse ging.

Ihre Lippen formten ein Wort. Ich glaube, sie rief „Aloha!"

ISBN 3-359-00834-0

1. Auflage
© 1996 Verlag Das Neue Berlin
Rosa-Luxemburg-Str. 16, 10178 Berlin
Alle Rechte vorbehalten
Reihen- und Umschlagentwurf: Generator
Gesamtherstellung: Ebner Ulm